THE
GREAT
GATSBY
EX-LIBRIS

U0126671

THE GREAT GATSBY

后浪 插图珍藏版

了不起的
盖茨比

[美] F.S. 菲茨杰拉德　著

[法] 乔治·巴比尔　绘

周嘉宁　译

江苏凤凰文艺出版社

JIANGSU PHOENIX LITERATURE AND
ART PUBLISHING

图书在版编目（CIP）数据

了不起的盖茨比：插图珍藏版 /（美）F.S. 菲茨杰
拉德著；（法）乔治·巴比尔绘；周嘉宁译 . -- 南京：
江苏凤凰文艺出版社，2023.9
ISBN 978-7-5594-7840-5

Ⅰ.①了… Ⅱ.① F…②乔…③周… Ⅲ.①长篇小
说 – 美国 – 现代 Ⅳ.① I712.45

中国国家版本馆 CIP 数据核字 (2023) 第 165418 号

了不起的盖茨比（插图珍藏版）

[美]F.S. 菲茨杰拉德　著　[法] 乔治·巴比尔　绘　周嘉宁　译

编辑统筹	尚　飞
责任编辑	曹　波
特约编辑	袁艺舒　梁子嫣
装帧设计	墨白空间·Yichen
内文排版	李红梅
出版发行	江苏凤凰文艺出版社
	南京市中央路 165 号，邮编：210009
网　　址	http://www.jswenyi.com
印　　刷	河北中科印刷科技发展有限公司
开　　本	880 毫米 ×1230 毫米　1/32
印　　张	9
字　　数	127 千字
版　　次	2023 年 9 月第 1 版
印　　次	2023 年 9 月第 1 次印刷
书　　号	ISBN 978-7-5594-7840-5
定　　价	99.00 元

江苏凤凰文艺版图书凡印刷、装订错误，可向出版社调换，联系电话 025 – 83280257

那就戴上金帽吧，假如能够打动她；

如果你能高高跳起，那也请为她而跳，

直到她高喊："爱人哪，戴着金帽、高高跳起的爱人哪，

你非我莫属！"

——托马斯·帕克·丹维里埃

第一章

在我更年轻和更脆弱的那些年里，我的父亲给过我几句忠告，至今我还常常想起。

"当你想要批评任何人时，"他告诉我，"要记住，并非世界上所有人都拥有你所拥有的优势。"

他没再多说，但我们向来以这种缄默寡言的方式彼此理解，而且我明白他想说的远远不止这些。因此，我倾向于不对任何人妄作评判，这种习惯让我遇见许多古怪的人，也让我成为不少喋喋不休的人的受害者。这种品质一旦在正常人身上显露，心智异常的人便会立刻察觉，纠缠不清，所以在大学里，我被不公正地指责为政客，因为我私下知晓不少放荡的陌生人的隐秘伤痛。大部分秘密不是我探究来的——当我通过明白无误的迹象意识到，有人蠢蠢欲动要吐露心声，我便频频假装睡觉，假装全神贯注，或者摆出不友善的轻佻态度；因为年轻人的心声，或者至少他们倾诉时使用的言语，往往是剽窃来的，还明显有所隐瞒。对他人不作评判便是对他人怀有无穷希望。正如我父亲自命不凡地表示、而我自命不凡地重复的，人性固有的善意在出生时就分配不均，我担心自己忘记这一点而有所错失。

然而在吹嘘了自己的宽容之后，我得承认宽容是有限度的。品行可能建立于坚硬的岩石之上，或者潮湿的沼泽之中，但是超过某个限度，我便不在乎到底是建立于什么基础。去年秋天我从东部回来的时候，只想要世人都穿上军装，在道德上永远保持立正状态；我不想再窥视他人的内心，不想再参与放浪形骸的旅程。只有盖茨比例外，我以他的名字为这本书命名——盖茨比，代表着我由衷鄙视的一切。如果人格是一系列不间断的成功姿态，那他确实有过人之处：他具有对人生前景的高度敏感，仿佛他与一台能显示一万英里外地震信息的精密仪器相连。这种敏感和美其名为"创造性气质"的多愁善感截然不同——这是一种永葆希望的非凡天赋，一种浪漫的热忱，我在其他人身上从未见过，以后也不太可能再见到。不——盖茨比最终无可厚非；是捕食盖茨比的东西，是他的梦想破碎之后扬起的污浊灰尘，让我对他人挫败的悲伤和短暂的欢愉暂时失去了兴趣。

　　我家三代以来在这个中西部城市都是声名显赫的有钱人。卡拉韦家族算是世家，据说我们是巴克卢公爵①的后裔，不过我们宗族真正的创立者是我祖父的哥哥，他于一八五一年来到此地，找人冒名顶替去参加南北战争，自己做起了五金批发生意，由我的父亲继续经营至今。

　　我从没见过这位伯祖父，但是据说我长得像他——

① 巴克卢公爵（Duke of Buccleuch），一个 1663 年 4 月在苏格兰贵族爵位中创建了两次的头衔。第一次授予蒙茅斯公爵詹姆斯·斯科特，第二次授予他的妻子安妮·斯科特。身为巴克卢氏族的直系后裔，小说家沃尔特·斯科特在他的长诗《最后一个游吟诗人》中叙述了他的家族历史。（除特别说明外，本书注释皆为译注）

尤其像我父亲办公室里挂着的那幅面容冷酷的画像。我一九一五年从纽黑文[①]毕业，距离我父亲毕业正好二十五年，不久之后，我参加了那场延期的条顿大迁徙[②]，也就是第一次世界大战。我完全沉浸于反攻战，以至于回家以后焦躁不安。如今中西部仿佛宇宙破败的边缘，不再是世界温暖的中心——于是我决心去东部，学习债券交易。我认识的每个人都在买卖债券，我想这个行业再多养活一个人也没问题。我的叔叔姑姨们商量了一番，像是要为我选择一所预科学校，最后终于说："那么——好吧。"神情相当严肃和犹豫。父亲答应资助我一年，经历种种延宕之后，一九二二年春天我来到东部，心想我将永远留在这里。

切实的做法是在城里找个住处，但正值温暖季节，而我又刚刚离开一个有着辽阔草坪和宜人树木的地方，所以当办公室里的一位年轻同事提出一起在临近小镇合租一套房子

---

① 纽黑文（New Haven），位于美国康涅狄格州，是耶鲁大学的所在地。

② 条顿大迁徙（Teutonic migration），条顿是古代日耳曼民族的分支，公元前 2 世纪末期，从斯堪的纳维亚南部和丹麦日德兰半岛的家乡出发，入侵欧洲大陆腹地。作者在这里戏谑地用延期的条顿大迁徙来指代第一次世界大战，表明这是德国人发起的又一次入侵战争。

时，我觉得这主意很好。他找到了房子，是一幢饱经风霜的木板平房，月租八十美元，然而事到临头，公司把他派去了华盛顿，于是我独自搬入郊外。我有一只狗——至少在它跑掉之前我拥有过几天——还有一辆旧的道奇车和一个芬兰用人，她帮我铺床，做早饭，在电炉旁边自己咕哝芬兰格言。

我孤独了几天，直到一天早晨，一个比我更晚搬来的人在路上拦住我。

"请问去西蛋村怎么走？"他无助地问。

我告诉了他。再继续往前走的时候，我便不再感觉孤独。我成了领路人、开拓者、原住民。他的无心之举让我成了这个社区的一员。

阳光普照，树叶繁茂，万物如在快镜头里生长，我产生了熟悉的信念，生活将随夏天一起重新开始。

要读很多书，要从清新充沛的空气中获得健康。我买了十几册关于银行、信贷和证券投资的书籍，红底烫金的书脊立在书架上，仿佛造币厂里出来的新钱币，要为我揭晓只有弥达斯①、摩根②和梅塞纳斯③才知道的闪亮秘密。我还野心勃勃地打算阅读很多其他书籍。大学时代我热爱文学——有一年，我为《耶鲁新闻》写过一系列相当严肃和浅显的社论——如今我要重拾一切兴趣，再次成为在种种领域博而不精的专家，也就是所谓"通才"。这不仅仅是一句警句——毕竟，只从一扇窗户观察人生总是要成功得多。

我租的房子碰巧在北美最奇特的居民区之一。它位于纽约正东一片狭长嘈杂的岛屿——那里的自然奇观中，有两片形态罕见的土地。它们距离市区二十英里，宛如一对巨型鸡蛋，轮廓一模一样，中间只隔着一道名义上的海湾，伸入西半球最温顺的海域，那里是长岛海峡潮湿的后场院。它们不是完美的椭圆形——而是如同哥伦布故事里的鸡蛋，与大陆相连的一端被压扁了——但是相似的形状肯定令天空里翱翔的海鸥困惑不已。对于没有翅膀的人类来说，更引人

---

① 弥达斯（Midas），希腊神话中的佛律癸亚国王，贪恋财富，拥有点石成金的能力。

② 摩根（John Pierpont Morgan，1837—1913），美国银行家，19世纪后期摩根通过金融资本与工业资本的垄断结合，建成了一个庞大的金融帝国。

③ 梅塞纳斯（Gaius Cilnius Maecenas），古罗马帝国奥古斯都的谋臣，著名外交家，同时也是诗人和艺术家的保护人，他的名字在西方传统中被认为是文学艺术赞助人的代名词。

瞩目的现象是，这两个岛除了形状和大小之外，在其他各个方面都截然不同。

我住在西蛋，怎么说呢——属于不太时髦的那一边，尽管这种说法极其肤浅，不足以表达两地之间怪异且相当不祥的反差。我的房子位于蛋形尖端，距离海峡只有五十码，挤在两幢每季度租金高达一万二到一万五美元的豪宅中间。我右边的那一幢以任何标准来看都是庞然大物——它完全模仿了诺曼底某个市政厅，一侧矗立着崭新的塔楼，上面覆盖着稀稀疏疏的常春藤，还有一个大理石游泳池和四十多英亩的草坪和公园。这是盖茨比的宅邸。或许更确切地说，这是一位叫这个名字的先生居住的宅邸，因为我当时还不认识盖茨比先生。我自己的房子很寒碜，所幸它不起眼，不会被注意到，因此我能欣赏到海景，以及邻居家的一角草坪，并且聊以自慰地与百万富翁为邻——这一切只要八十美元一个月。

名义上的海湾对面，时髦东蛋那边的洁白宫殿在岸边闪闪发光，那年夏天的故事真正开始于我开车去那里与汤姆·布坎南夫妇共进晚餐的夜晚。黛西是我的远房表妹，汤姆是我在大学里认识的。大战刚结束时，我在芝加哥和他们一起待过两天。

黛西的丈夫在体育方面颇有成就，他曾是纽黑文有史以来最厉害的橄榄球边锋之一——堪称全国闻名，他是那种在二十一岁便登峰造极的人，于是之后的一切不免都有些走下坡路的意味。他的家庭极其富裕——他在大学里的挥霍无度就已经遭人非议——如今他离开芝加哥来到东部，搬家的排场令人叹为观止。举个例子，他从森林湖①运回一群打马球专用的马。难以相信我的同代人竟然富裕到这个地步。

我不知道他们为何搬来东部。他们在法国待了一年，没有什么特殊理由，然后不停歇地四处漂泊，哪里玩马球的人和富人扎堆，便去哪里。黛西在电话里说他们将在此地定居，我不相信——我无法洞察黛西的内心，但我感到汤姆将永远漂泊，略怀怅然地追寻某场无法重现的橄榄球比赛的激情喧腾。

---

① 森林湖（Lake Forest），位于美国伊利诺伊州的城市。

于是，在一个起风的温暖傍晚，我开车去东蛋看望这两位我几乎不了解的老朋友。他们的房子比我预期的更为精美：一幢赏心悦目、红白相间的乔治王朝殖民风格[1]宅邸，俯瞰海湾。草坪从海滩开始直奔前门，足足四分之一英里，跨过日晷、砖路和色彩炽热的花园——终于抵达房子跟前，借着奔跑的势头，变成青翠的藤蔓植物攀墙而上。房子的正面有一排法式落地窗，此刻正映着金色反光，大大敞开，迎着午后暖风，而汤姆·布坎南身着骑装，叉开双腿站在前廊。

他离开纽黑文以后就变了。如今他三十岁，体格健壮，发色灰黄，嘴唇线条相当坚毅，目空一切。两只发光而傲慢的眼睛在脸上最为突出，始终给人咄咄逼人的印象。就连他身上颇具女性气质的时髦骑装也掩盖不住那副身躯的巨大力量——他似乎撑满了锃亮的皮靴，直到把最上面的鞋带也绷得紧紧的，他的肩膀在薄外套底下转动时，能看到大块隆

---

[1] 乔治王朝殖民风格（Georgian Colonial），指的是汉诺威王朝前四位英国君主（即乔治一世、乔治二世、乔治三世、乔治四世）从1714年到1830年统治英国期间，在大多数英语系国家出现的建筑风格。它本质上是古典主义建筑风格，强调对称结构。

起的肌肉也随之移动。这是一具力大无穷的身体——是一具残酷的身体。

他说话的声音是生硬粗哑的男高音，进一步给人以暴躁印象。他还有种长辈似的轻蔑口吻，即便是对他喜欢的人——以前在纽黑文有人对他恨之入骨。

"好了，别认为我在这些事情上说了算，"他仿佛在说，"仅仅因为我比你强壮，比你更像个男人。"我们同属一个高年级联谊会，尽管关系从不紧密，我却向来觉得他欣赏我，并且怀着他所特有的粗暴蛮横的渴望，希望我也同样喜欢他。

我们站在阳光和煦的门廊交谈了片刻。

"我这里很不错。"他说着，眼睛不停转动。

他伸出一只胳膊让我转过身去，宽大的手掌扫过眼前的景色，目光所及之处有一片下沉式意大利花园，半亩香味浓烈的玫瑰，还有一艘平头摩托艇在离岸边不远的海浪中颠簸。

"这地方原本是石油大亨德梅因的。"他又让我转回身来，礼貌而断然，"我们进去吧。"

我们穿过挑高的走廊，进入一片明亮的玫瑰色空间，两端的法式落地窗巧妙地将那里与房子相连。窗户半开着，洁白剔透，外面葱翠的青草像是要长进屋里来。微风穿堂而过，将窗帘从一头吹进来，又从另外一头吹出去，像白色旗帜，缠绕着，飘向糖霜婚礼蛋糕般的天花板，又在酒红色的地毯上荡漾，投下阴影，有如风吹过大海。

屋里唯一完全静止的是一张巨大的沙发，两个年轻女人坐在那里，仿佛飘浮在被系住的气球上。她们都穿着一身白色，裙摆摇曳拂动，像是刚刚绕着房子飞了一小圈回来。我准是站了一会儿，聆听窗帘的拍打声和墙上一幅画的吱嘎声。汤姆·布坎南砰地关上后窗，房间里的风平息下来，窗帘、地毯以及气球上的两个年轻女人缓缓落回地面。

我不认识她们中间更年轻的那位。她躺在沙发一端，全身舒展，一动不动，微微抬着下巴，仿佛在保持平衡，以免那里的某样东西掉落下来。她完全没有表现出丝毫用余光看到我的迹象——反倒是我差点惊讶得要为进来打扰到她而低声道歉。

另外一个女孩，黛西，作势站起来——她神情认真地稍稍倾身——接着她笑了，莫名其妙的迷人浅笑，我也笑起来，走进房间。

"我快乐到瘫——瘫倒了。"她又笑，像是自己说了一句相当风趣的话，然后她拉住我的手，仰脸看着我，仿佛我是世上她最想见的人。她就是这样的。她小声告诉我那个在保持平衡的女孩姓贝克。（我听说黛西轻声细语只是为了让别人靠近她；然而这种不中肯的批评丝毫无损黛西的魅力。）

贝克小姐终于动了动嘴唇，几乎无法察觉地朝我点点头，又飞快地把头摆正——她正平衡着的东西明显晃了晃，引得她一阵惊慌。我又想要道歉。任何我行我素的表现总会使我惊叹赞赏。

我回头看我的表妹，她开始用低沉颤动的声音向我提问。这种声音令人侧耳倾听，仿佛每句话都是一串只演奏一次的音符。她的脸又悲伤又可爱，蕴含着明亮的东西——明亮的眼睛和明亮热烈的嘴，但是她的声音里有种激情，曾为她倾心的男人都无法忘怀：一种歌唱般的吸引力，一声轻柔的"听着"，一句暗示，说她刚刚做完快乐兴奋的事，还有更多正接踵而来。

我告诉她，我来东部的途中在芝加哥逗留了一天，有十来个人托我问候她。

"他们想我吗？"她欣喜若狂地嚷嚷。

"整座城市一片荒芜。所有车辆都把左边的后轮涂成黑色，当作哀悼的花圈，北岸的恸哭声彻夜不断。"

"太动人了！我们回去吧，汤姆。明天！"接着她岔开话题，"你得见见宝宝。"

"我很乐意。"

"她在睡觉。她三岁了。你还没见过她吧？"

"从没见过。"

"那你得见见她。她——"

汤姆·布坎南一直在房间里不安地来回走动，此时停下脚步，把手搭在我的肩膀上。

"你现在干哪行，尼克？"

"我做债券。"

"和谁一起做？"

我告诉了他。

"从没听说过。"他断然说。

我有些恼火。

"你会听说的，"我简短地回答，"你在东部待着就会听说。"

"哦，我会待在东部的，不用担心，"他说着，看看黛西，又看看我，像是在提防其他什么，"我要是十足的傻子才会去其他地方住。"

这时候贝克小姐突然说："没错！"我吓了一跳——这是我走进房间以来她说的第一句话。她显然也和我一样吃惊，因为她打着哈欠，做了一连串敏捷灵巧的动作站起身来。

"我僵住了，"她抱怨，"我都忘了在沙发上躺了多久。"

"别看我呀，"黛西反驳，"我整个下午都想带你去纽约。"

"不用了，谢谢，"贝克小姐谢绝了刚刚从餐室端来的四杯鸡尾酒，"我正在严格训练中。"

男主人难以置信地看着她。

"这样啊！"他干掉了自己那杯酒，仿佛那只是杯底的一滴，"我不明白你是怎么做成任何事情的。"

我看着贝克小姐，想知道她"做成"了什么。我喜欢看她。她是一个苗条的、胸部小小的女孩，姿态挺拔，她像年轻的军校学生那样把肩膀往后展开，更是突出了这个特征。她那双被太阳照到眯缝起来的灰色眼睛也看着我，苍白，迷人，不满的脸上回敬以礼貌的好奇。我这才想起来，我以前在哪里见过她，或者见过她的照片。

"你住在西蛋，"她轻蔑地说，"我认识那里一个人。"

"我谁也不认识——"

"你肯定认识盖茨比。"

"盖茨比？"黛西问，"哪个盖茨比？"

我还没有来得及回答他是我的邻居，便开饭了；汤姆·布坎南专横地用强壮的胳膊挽住我，迫使我离开房间，如同将一枚棋子挪到另一个棋格里。

两个年轻女人把手轻轻搭在腰上，纤弱慵懒地先于我们踏入玫瑰色的门廊。门廊朝着夕阳，餐桌上四根蜡烛的烛火在渐渐平息的风中摇曳。

"干吗点*蜡烛*①呢？"黛西皱着眉头反对。她用手指按灭

---

① 此处原文为斜体，后同。——编者注

了蜡烛。"还有两个星期就是一年里白昼最长的一天,"她神采飞扬地看着大家,"你们是不是也总盼着一年里白昼最长的那天,然后又错过?我总盼着白昼最长的那天,然后又错过。"

"我们得计划做些什么。"贝克小姐打着哈欠在桌边坐下,像是要上床睡觉。

"好的,"黛西说,"计划些什么呢?"她无助地转向我,"别人都计划些什么呢?"

我还没来得及回答,她的眼睛惊讶地盯着自己的小手指。

"看哪!"她抱怨,"我弄伤了它。"

我们都看着——指关节黑紫黑紫的。

"是你干的,汤姆,"她责备地说,"我知道你不是故意的,但确实是你干的。这就是嫁给一个野蛮男人的报应,嫁给一个又粗又壮、身体笨重的——"

"我讨厌笨重这个词,"汤姆恼火地抗议,"开玩笑也不行。"

"笨重。"黛西坚持说。

有时候她和贝克小姐同时讲话,毫不张扬,开些无关紧要的玩笑，不会喋喋不休，冷淡得像她们的白裙以及毫无欲望的漠然眼神。她们坐在这里，接受汤姆和我，只不过是客客气气地尽力和我们彼此应酬。她们知道晚餐即将结束，不久之后夜晚也将不经意地流逝终结。这里和西部截然不同，西部的夜晚总是一个阶段紧接着一个阶段直到尾声，令人不断失落不断期待，又或者对终结的时刻本身感到纯粹的恐慌。

"你让我感到自己不文明，黛西，"我喝到第二杯有软木塞味却口感相当惊艳的红酒时坦白，"你就不能谈谈庄稼之类的东西吗？"

我说这话没什么特殊意图，却出乎意料地被接了下去。

"文明即将粉碎，"汤姆猛然爆发，"我近来对世事相当悲观。你们读过戈达德写的《有色帝国的崛起》①吗？"

"怎么？没读过。"我回答，他的语气让我相当吃惊。

"嗯，是本好书，每个人都该读读。这本书讲的是我们

---

① 这本书的原型是《有色人种的崛起：对白人至上主义的威胁》（*The Rising Tide of Color: The Threat Against White World Supremacy*），作者是洛斯罗普·斯托达德，于 1920 年出版。

如果不警惕，白人种族将会——将会彻底湮灭。都是有科学根据的，已经被证明了。"

"汤姆变得越来越渊博，"黛西说，流露出漫不经心的悲伤表情，"他读深奥的书，里面的词都很长。我们上次讲的那个词——"

"嗯，这些书都是有科学根据的，"汤姆不耐烦地瞥了她一眼，继续往下说，"这家伙说得清清楚楚。我们作为占据统治地位的人种得保持警惕，不然其他人种会控制局面。"

"我们要打倒他们。"黛西轻声说，对着炙热的太阳拼命眨眼。

"你们应该住到加利福尼亚去——"贝克小姐开口说，但是汤姆在椅子里重重地挪了挪身体打断了她。

"作者的观点是，我们都是北欧民族。我是，你是，你也是，还有——"他略微迟疑片刻，稍稍点头把黛西也算了进去，黛西又朝我眨眨眼。"——我们创造了建构文明的一切事物——嗯，科学和艺术，所有一切。你们明白吗？"

他那副专注劲里有种可悲的意味，仿佛比以前更强烈的自负对他来说已经不够了。这时屋里的电话铃响了，管家一离开门廊，黛西便抓紧片刻间歇，朝我靠过来。

"我要告诉你一桩家里的秘密，"她兴奋地低声说，"关于管家的鼻子。你想知道管家的鼻子怎么了吗？"

"我今晚过来就是为了这个。"

"告诉你吧，他原本不是管家；他从前在纽约帮人擦银器，那家人有一套供两百人使用的银器。他不得不从早擦到晚，终于鼻子出了问题——"

"情况越来越糟。"贝克小姐说。

"是啊，越来越糟，最后他不得不辞了那份工作。"

最后一缕阳光满怀柔情地在她明媚的脸庞上停留了片刻；她的声音让我不由得屏息倾听——接着余晖消散，每一束光线都依依不舍地离开了她，如同孩子们在黄昏离开欢乐的街道。

管家回来在汤姆耳边低语了几句，汤姆随之皱起眉头，往后推开椅子，一言不发地走进屋里。他的离去仿佛激活了黛西心里的某种东西，黛西再次倾身过来，声音明亮动听。

"我真喜欢你和我们一起用餐，尼克。你让我想起——

想起玫瑰，一朵纯粹的玫瑰。是吧？"她转而寻求贝克小姐的肯定，"是一朵纯粹的玫瑰吧？"

不是这样的。我和玫瑰毫无相似之处。她只是随口一说，却流露出激动人心的暖意，似乎她的心隐藏在扣人心弦的战栗的话语里，她正要向你袒露。然后她突然把餐巾扔在桌上，起身告辞，走进屋里。

贝克小姐和我交换了一个眼神，刻意没有表露心意。我正要开口，她警觉地坐直身体，用警告的声音说了一声"嘘！"。那边的房间里隐约传来压低声音的激烈交谈，贝克小姐肆无忌惮地侧身倾听。低语声断断续续，时而降低，时而陡然升高，接着完全静止了。

"你刚刚提到的那位盖茨比先生是我的邻居——"我说。

"别出声。我想听听发生了什么。"

"出什么事了吗？"我无知地询问。

"你竟然不知道吗？"贝克小姐说，着实感到吃惊，"我以为人人都知道。"

"我不知道。"

"哎——"她迟疑地说，"汤姆在纽约有其他女人。"

"有其他女人？"我茫然地重复了一遍。

贝克小姐点点头。

"她应该懂点规矩，别在晚餐时间给他打电话。你说呢？"

还没等我弄明白，传来裙摆窸窣和皮靴吱嘎的声音，汤姆和黛西回到餐桌旁。

"真没办法！"黛西强颜欢笑地嚷嚷。

她坐下来，探究地看看贝克小姐，又看看我，继续说："我去外面看了看，外面浪漫极了。草坪上有一只鸟，肯定是搭乘冠达或者白星邮轮①过来的夜莺。它在歌唱——"她的声音也像是唱了起来，"真浪漫哪，是吧，汤姆。"

"很浪漫，"他回答，接着又愁眉苦脸地对我说，"如果晚饭后天还亮着，我想带你去马厩看看。"

屋里的电话又令人心惊地响起来，黛西朝汤姆坚决地摇摇头，关于马厩的话题，事实上所有的话题都烟消云散。我依稀记得在桌边最后的五分钟里，蜡烛又被莫名其妙地点

---

① 冠达邮轮（Cunard Line）和白星邮轮（White Star Line）是英国两家著名邮轮公司。

燃，我想要直视每个人，却又避开所有目光。我猜不出黛西和汤姆在想什么，但是我怀疑就连看起来一派坚定怀疑主义态度的贝克小姐，也不能完全无视那第五位客人尖厉刺耳的催逼。对某种性情的人来说，这种局面或许很有趣——我自己的本能反应则是立刻打电话报警。

不用说，没人再提起马的事情。汤姆和贝克小姐之间隔着几英尺暮光，他们信步回到图书馆，像是要去一具切切实实的尸体旁边守夜，而我尽量装作兴致勃勃且不知情的样子，跟随黛西穿过一连串相连的游廊，来到前面的门廊。在深深暮色里，我们并肩坐在一把藤椅里。

黛西用手捧着脸，仿佛在感受脸庞可爱的形状，而她的视线渐渐移向天鹅绒般的暮色。我看出来她被混乱的情绪控制，于是问起她的女儿，想让她平静下来。

"我们彼此并不非常了解，尼克，"她突然说，"即便我们是表亲。你没有来参加我的婚礼。"

"我当时还没有从战场回来。"

"没错，"她迟疑着，"唉，我过得很不好，尼克，我对一切都相当怀疑。"

她显然有她的理由。我等着她往下说，但是她没有，过了一会儿，我相当拙劣地说回关于她女儿的话题。

"我猜想她应该已经会说话，会吃饭，什么都会了吧。"

"哦，是的，"她茫然地看着我，"听着，尼克，我来告诉你她出生的时候我说了什么。你想听我说吗？"

"非常想。"

"你听了就会知道我的感受——对事物的感受。嗯，她才出生不到一个小时，而天知道汤姆跑去了哪里。我怀着被彻底抛弃的感觉从乙醚中醒来，立刻问护士是男孩还是女孩。她告诉我是女孩，我转过头去哭了。'好吧，'我说，'很高兴是一个女孩。我希望她能成为傻瓜——这是女孩在这个世界上最好的出路，成为美丽的小傻瓜。'"

"你知道吗，反正我认为一切都糟透了，"她确信不疑地继续说，"人人都这样认为——那些最开明的人也一样。我*知道*。我哪里都去过，什么都见过，什么都做过。"她的眼睛闪闪发光，挑衅地环顾四周，很像汤姆，然后她笑起来，笑声里充满令人毛骨悚然的嘲讽。"饱经世故——天哪，我真是饱经世故。"

一旦她停止说话，不再强迫我给她关注和信任，我便感觉到她说的话根本不诚心。这让我不安，仿佛整个夜晚都是一场骗局，为了从我这里索取感情。我等待着，绝对没错，过了一会儿她看着我，可爱的脸上浮现出十足的假笑，仿佛表明了她和汤姆所属的上流秘密社团的成员身份。

屋里，深红色的房间亮着灯。汤姆和贝克小姐各自坐在长沙发的一头，她为他大声朗读《星期六晚报》——她的语调低沉平稳，令人心旷神怡。灯光照在他的靴子上是明亮的，照在她枯叶色的头发上是暗淡的，她翻动报纸，手臂上纤长的肌肉随之震颤，灯光也在报纸上闪烁。

我们走进房间，她抬手示意我们先别出声。

"未完待续，"她说着，把杂志扔在桌上，"下期再见。"

她动了动膝盖，直起身子，然后站了起来。

"十点了，"她说，像是在天花板上看到了时间，"好女孩该上床睡觉了。"

"乔丹明天要参加比赛，"黛西解释，"在韦斯特切斯特^①。"

"哦——原来你是*乔丹·贝克*。"

我现在知道为什么她看起来面熟了——她那个可爱的轻蔑表情，我曾经多次在阿什维尔^②、温泉城^③和棕榈滩^④的体育招贴画上见过。我也听说过一些关于她的传闻，都是批评的、令人不快的言论，但说了什么我早就忘了。

"晚安，"她温柔地说，"八点叫醒我好吗？"

"如果你起得来。"

"我会的。晚安，卡拉韦先生。再见。"

"你们当然会再见，"黛西肯定地说，"其实啊，我想要促成一桩婚事。经常来玩，尼克，我要——哦——撮合你们。你知道的——比如不小心把你们锁在衣柜里，或让你们坐船出海，诸如此类的事情——"

"晚安，"贝克小姐在楼梯上喊，"我一个字都没听见。"

"她是个好女孩，"汤姆过了一会儿说，"他们不应该让

---

① 韦斯特切斯特（Westchester），美国纽约州东南部的一个县，东邻康涅狄格州，南面纽约市。

② 阿什维尔（Asheville），位于美国北卡罗来纳州西部。

③ 温泉城（Hot Springs），位于美国阿肯色州的一座城市，以温泉著名。

④ 棕榈滩（Palm Beach），位于美国佛罗里达州。

她这样全国跑。"

"谁不应该?"黛西冷冷地问。

"她的家人。"

"她的家里只有一个上千岁的姑妈。再说尼克会照顾她的,是吧,尼克? 今年夏天她常常会来这里过周末。我认为家庭氛围对她非常有好处。"

黛西和汤姆沉默地对视了片刻。

"她是纽约人吗?"我飞快地问。

"她是路易斯维尔①的。我们在那里共同度过了洁白的少女时代。我们美丽的洁白的——"

"你刚刚在阳台上和尼克谈心了?"汤姆突然质问。

"我谈了吗?"她看着我。

"我不太记得,不过我们好像谈论了北欧人种。没错,我们肯定谈了这个。我们不知不觉就谈了起来——"

"你别听到什么都信以为真,尼克。"他告诫我。

我轻快地说我什么都没听到,几分钟后,我起身告辞。他们送我到门口,并肩站在一片明亮的光线里。我正要发动

---

① 路易斯维尔(Louisville),美国肯塔基州最大的城市。

引擎，黛西不容分说地喊："等等！"

"有件事我忘记问你，非常重要。我们听说你在西部和一个女孩订婚了。"

"是啊，"汤姆好意地附和，"我们听说你订婚了。"

"这是谣传。我那么穷。"

"但我们听说了，"黛西坚持，让我惊讶的是，她又像花朵一样绽放，"我们听三个人说过，所以肯定是真的。"

我当然知道他们指的是什么，但我根本没有订婚。关于我要结婚的流言蜚语正是我来到东部的原因之一。不能因为谣言就不再和老朋友来往，但另一方面，我无意迫于谣言而结婚。

他们对我的关心让我相当感动，也让他们看起来不再富有得高不可攀——然而，我开车离去时却感到困惑，还有点厌恶。在我看来，黛西应该做的事情是抱着孩子冲出那个家——但显然她头脑里没有这样的意图。至于汤姆，他因为一本书而感到沮丧比他"在纽约有其他女人"的事实更令人吃惊。某种东西让他啃噬起陈腐观念的边角料，仿佛他强健体格的自负已经无法再滋养他专横的心。

路边小旅馆的屋顶和加油站跟前已是盛夏景致，崭新的红色加油泵立在一圈圈灯光里。我回到西蛋的家，把车停在车棚，在院子里一台废弃的割草机上坐了一会儿。风停了，留下一个聒噪的明亮的夜晚，鸟在树上拍打翅膀，青蛙被大地的轰鸣鼓动得充满生机，发出持续不断的风琴声。一只猫的侧影摇摇摆摆穿过月光，我转过头去看它，发现我不是孤身一人——五十英尺外，一个人从我隔壁宅邸的阴影里走出来，他站在那里双手插兜，眺望如银色胡椒粉般的星光。从容的举止和双脚稳稳踏在草坪上的姿态，说明那正是盖茨比先生本人，他出来查看我们头顶的天空哪一片是属于他的。

我决定和他打招呼。贝克小姐晚餐时提到了他，可以用来作为开场白。但是我没有这么做，因为他突然的举动暗示他乐于独处——他用奇怪的姿势对着黑暗的海水伸出双臂，我离得很远，但我敢肯定他在发抖。我不由自主望向海面——除了一盏绿灯，什么都没有，灯光微弱遥远，那里可能是码头的尽头。当我回头去找盖茨比，他已经不见了，再次留下我独自一人，置身于不安的黑暗中。

第二章

在西蛋和纽约中间大约半途处，公路匆匆与铁道会合，并驾齐驱四分之一英里，以避开一片不毛之地。这是一个灰烬山谷——在这片匪夷所思的农场，灰烬像麦子一样生长成屋脊、山丘和奇形怪状的花园；灰烬成为房子、烟囱和升起的烟雾，最终，通过卓绝的努力成为人影，模模糊糊地移动，很快便在尘土飞扬的空中灰飞烟灭。偶尔有一排灰色的车厢沿着看不见的轨道缓缓前行，发出鬼一样的吱嘎声，列车一停，灰蒙蒙的人立刻握着沉重的铁锹蜂拥而至，搅起一层无法穿透的烟雾，将他们的行动挡在你的视野之外。但是片刻之后，你便会在灰色的大地和那里永远笼罩着的一阵阵苍白尘埃之上，看见 T. J. 埃克勒伯格医生的双眼。T. J. 埃克勒伯格医生有一双巨大的蓝色眼睛——虹膜有一码高。它们的后面没有脸，不存在的鼻子上架着一副庞大的黄色眼镜，那双眼睛便是透过那里往外看。显然是某个异想天开的眼科医生为了在皇后区招揽生意而立起来的，接着他自己陷入永远的失明，或是撇下它们搬走了。他的双眼经历了日晒雨淋和长久不补漆的日子以后，暗淡了些许，却依然若有所思地俯瞰这片肃穆的垃圾场。

灰烬山谷的一边有一条肮脏的小河，当吊桥升起让驳船通行时，火车上等待过桥的乘客就得盯着这片凄凉的景象长达半小时。平时火车到那里也总会停留至少一分钟，正是因此，我才第一次见到汤姆·布坎南的情妇。

他有一个情妇，知道他的人都认定这个事实。他带着她出入热门餐厅，把她独自留在桌边，自己四处走动，不管碰到什么朋友都聊两句，他的熟人对此颇为愤慨。尽管我好奇，想看看她，却不想遇见她——但我还是遇见了。有一天下午我和汤姆一起坐火车去纽约，我们在灰堆旁边停下时，他跳起来抓住我的手肘，简直是逼我下了车。

"我们下车，"他坚持，"我要带你见见我的女朋友。"

我想他午餐时肯定喝多了，他定要拉我作陪的架势近乎粗暴。他傲慢地断定，星期天下午我没有其他更重要的事情。

我跟着他翻过一道低矮的漆成白色的铁道栏杆，在埃克勒伯格医生坚定的注视下沿路往回走了一百码。视野中唯一的建筑是荒地边缘一小排黄色砖房，大概是为居民服务的袖珍商业街，周围一无所有。那里有三家商店，一家正在招租，另一家是通宵餐厅，门口有一条煤渣小道，第三家是修车铺——"汽车维修。*乔治·B. 威尔逊*。汽车买卖。"——我跟着汤姆走了进去。

里面生意不好，空空荡荡，唯一看得到的车是一辆蒙着灰的破烂福特，伏在昏暗的角落里。我心想，这个有名无实的修车铺肯定只是遮人耳目，奢侈浪漫的公寓就藏在楼上，这时老板出现在办公室门口，用抹布擦着手。他一头金发，没精打采，有气无力，模样还算英俊。他一看见我们，浅蓝色的眼睛里就流露出一线暗淡的希望。

"你好啊，威尔逊，老家伙，"汤姆说着，快活地拍拍他的肩膀，"生意好吗？"

"过得去，"威尔逊的回答无法令人信服，"你什么时候把那辆车卖给我？"

"下周。我已经安排我的人去处理了。"

"他可真够慢的。"

"不慢，"汤姆冷冷地说，"如果你嫌慢，那我还是卖给其他地方吧。"

"我不是这个意思，"威尔逊赶紧解释，"我只是——"

他的声音轻了下去，汤姆不耐烦地环顾修车铺。接着我听到楼梯上传来脚步声，不一会儿，一个女人粗壮的身影挡住了办公室透出的光线。她三十五岁上下，稍有点胖，但是正如有些女人那样，丰腴肉感反而颇具魅力。她穿着污渍斑斑的深蓝色绉纱裙，露出的脸蛋没有丝毫美丽之处，却能令人立刻感觉到她的生命力，仿佛她全身的神经在不断暗暗燃烧。她缓缓笑着，从她丈夫身边走过，只当他是幽灵，她和汤姆握手，面孔绯红地看着他的眼睛。然后她舔舔嘴唇，头都不转地用温柔沙哑的声音对她丈夫说：

"你怎么不拿两把椅子来让人家坐?"

"哦,对。"威尔逊连忙答应,朝小办公室走去,立刻融进了墙壁的水泥色里。灰白的尘埃笼罩着他深色的衣服和浅色的头发,也笼罩着周围一切——除了他的妻子,她朝汤姆靠过来。

"我想见你,"汤姆急切地说,"去坐下一班火车吧。"

"好的。"

"我在车站底层报刊亭旁边等你。"她点点头,刚从汤姆身边离开,乔治·威尔逊便拿着两把椅子从办公室出来了。

我们在路上没人看见的地方等她。再过几天就是七月四日了,一个灰蒙蒙的瘦小的意大利孩子正沿着铁道摆放一排炮仗。

"这个地方真可怕啊,是吧?"汤姆说着,冲埃克勒伯格医生皱了皱眉。

"糟透了。"

"离开这里对她有好处。"

"她丈夫不反对吗?"

"威尔逊?他以为她是去纽约看她妹妹。这个人蠢到不知道自己还活着。"

于是汤姆·布坎南和他的女朋友还有我，一起去了纽约——也不能说是完全一起，因为威尔逊太太谨慎地坐在另一节车厢。汤姆这么做，是为了顾及火车上的其他东蛋人的想法。

她换了一条棕色花纹细布裙，到了纽约，汤姆扶她下站台时，她宽大的臀部把裙子绷得紧紧的。她在报刊亭买了一份《城市闲话》①和一份电影杂志，又在车站药店买了冷霜和一小支香水。上楼以后，在有回声的黝黯车道上，她放过四辆出租车，才选择了一辆新车，薰衣草色的，配有灰色软座，我们坐这辆车离开了庞大的车站，驶入炽热的阳光。可是她马上又从窗边猛然转过来，探身敲了敲挡风玻璃。

"那里有狗，我想要一只，"她认真地说，"我想在公寓里养一只狗。有一只狗真好啊。"

我们把车倒回一个白发老头跟前，他长得像约翰·戴维

---

① 《城市闲话》（Town Tattle），一份创办于 1885 年的纽约八卦杂志。

森·洛克菲勒[1]，颇为滑稽。他的脖子上挂着篮子，里面蜷缩着十几只刚出生的小狗，看不出品种。

"都是些什么狗？"老头刚走到出租车车窗前，威尔逊太太便急着问。

"什么都有。你想要哪种，女士？"

"我想要一只警犬，我看你不会有吧？"

老头迟疑地往篮子里瞥了一眼，猛地伸手进去，捏住后颈提出一只扭来扭去的小狗。

"这不是警犬。"汤姆说。

"对，不能算是警犬，"老头的语气里流露出失望，"更像是一只艾尔谷梗犬，"他抚摸着小狗背上毛巾一般的棕色皮毛，"看看这身毛。一身好毛。这种狗绝对不会因为感冒而给你添麻烦。"

"我觉得好可爱，"威尔逊太太热烈地说，"多少钱？"

"这只狗？"老头赞许地看着它，"这只狗收你十美元吧。"

---

[1] 约翰·戴维森·洛克菲勒（John D. Rockefeller，1839—1937），美国实业家和慈善家，因革新石油工业和建立慈善事业现代化结构而闻名，被认为是现代历史上的首富。

这只艾尔谷梗犬——它无疑有一点艾尔谷梗犬的血统，尽管它的爪子白得惊人——被转手放在了威尔逊太太的腿上，她着迷地抚摸着小狗不畏风吹雨淋的皮毛。

"它是男孩还是女孩？"她轻柔地问。

"这只吗？是男孩。"

"是只母狗，"汤姆断然说，"给你钱。拿去再买十只狗吧。"

我们开车来到第五大道，在这个夏季的星期天下午，天气温暖柔和，几乎一派田园风光，就算街角出现一大群白色绵羊，我也不会感到吃惊。

"等等，"我说，"我得在这里下车了。"

"不行，你不能走，"汤姆急忙插话，"你要是不去我们的公寓，默特尔会伤心的。是吧，默特尔？"

"来吧，"她恳求我，"我会给我妹妹凯瑟琳打电话。有眼光的人都说她漂亮。"

"嗯，我很想去，不过——"

我们再次穿过中央公园折返，继续朝着西边一百多号街的方向前进。到了一百五十八街，出现了一长排白色蛋糕似的公寓楼，出租车在其中一幢跟前停下。威尔逊太太像皇族回宫一样扫视街道，提起她的狗和其他采购来的东西，气宇不凡地走了进去。

"我要把麦基夫妇请上来，"她在电梯里宣称，"当然还要给我妹妹打电话。"

公寓在顶楼——有一间小客厅、一间小餐厅和一间小卧室，还有一间浴室。一整套盖着花毯的家具对于客厅来说实在太大了，挤得满满的，直顶到门，以至于在屋里走动会不断撞到凡尔赛宫花园里仕女荡秋千的画面。墙上唯一的画是一张放大过度的照片，看上去是一只母鸡蹲在一块模糊不清的石头上。然而退远了看，母鸡化为一顶女帽，是一位胖胖的老太太对着屋里笑眯眯的。桌上放着几本旧的《城市闲话》和一本《名叫彼得的西蒙》^①，以及一些百老汇的八卦杂志。威尔逊太太最牵挂的是她的狗。一个不情不愿的电梯间服务生找来一只装满稻草的盒子和一些牛奶，他还自说自话地弄来一罐又大又硬的狗饼干——从里面取出来的一块在牛奶碟里泡了一下午都没泡烂。与此同时，汤姆从上锁的柜

① 《名叫彼得的西蒙》(*Simon Called Peter*)，出版于 1921 年的畅销书，作者是罗伯特·基布尔，内容涉及性与宗教。

子里拿出一瓶威士忌。

我有生以来只醉过两次，第二次就是那天下午；所以随后发生的一切都笼罩着一层模糊朦胧的色调，尽管直到八点以后，公寓里仍然充满明媚阳光。威尔逊太太坐在汤姆的腿上给好几个人打了电话；然后烟抽完了，我去街角的药店买烟。等我回来的时候他俩不见了，于是我知趣地坐在客厅里，读了《名叫彼得的西蒙》里的一章——要么是书写得太烂，要么是威士忌让事物失真，因为我一个字都没看明白。

汤姆和默特尔（喝了第一杯以后我和威尔逊太太便互相称呼彼此的名字了）再次出现时，其他客人也陆续到来。

妹妹凯瑟琳是一个苗条俗气的女人，三十岁左右，有一头又硬又密的红色齐耳短发，脸上抹着乳白色的粉。她拔了眉毛，又重新描绘出更为流畅的弯度，然而天生的眉毛想要长回原来的形状，这让她眉目不清。她走动时，胳膊上无数个陶瓷手镯碰来碰去，叮叮当当响个不停。她像主人一样大步进门，扫视家具的样子仿佛一切都是属于她的，我不由得怀疑她是否住在这里。但是当我问起，她放声大笑，大声重

复我的问题，然后告诉我她和一个女朋友住在酒店里。

住在楼下的麦基先生面色苍白，女里女气。他刚刚刮过胡子，颧骨上还沾着一点白色泡沫，非常恭敬地和屋里每个人打招呼。他告诉我他是"艺术圈"的，我后来才知道他是摄影师，威尔逊太太的母亲那张被放大到模模糊糊的照片就是他拍的，好像出窍的灵魂在墙上徘徊。他的妻子声音尖厉，没精打采，模样漂亮，但令人讨厌。她骄傲地告诉我，自他们结婚以来，她的丈夫为她拍过一百二十七次照片。

威尔逊太太不知什么时候已经换好了装扮，她身着精致的奶油色雪纺日常礼服，在房间里走动时，发出沙沙的响声。在裙子的影响下，她的性情也变了。修车铺里非凡的生命力化为令人难忘的傲慢。她的笑声、她的姿态、她的语气越来越做作，随着她愈发膨胀，房间在她周围渐渐缩小，直到她仿佛在烟雾缭绕的空中绕着一根吱嘎乱响的枢轴旋转。

"亲爱的，"她装腔作势地大声对她妹妹喊，"大部分人总想着骗你。他们脑子里只有钱。上个星期我找了一个女人来这里给我看看脚，拿到账单的时候，你会以为她给我割了阑尾呢。"

"那女人叫什么？"麦基太太问。

"埃伯哈特太太。她四处上门帮人看脚。"

"我喜欢你的裙子，"麦基太太说，"我觉得很漂亮。"

威尔逊太太不屑地挑挑眉毛，没有理会这句恭维。

"不过是条旧裙子，"她说，"我不在乎自己模样的时候就随便穿上。"

"但是穿在你身上很美，如果你明白我的意思，"麦基太太继续说，"要是切斯特能拍下你这个姿势，我觉得一定是幅好照片。"

我们都默默看着威尔逊太太，她拨开一缕遮住眼睛的头发，回头冲我们粲然一笑。麦基先生歪着头专注地看着她，伸出一只手到面前，缓缓来回比画。

"我要换个光线，"他过了一会儿说，"我想把她五官的立体感呈现出来。我还想把她后面的头发都拍进来。"

"我觉得不用改变光线，"麦基太太嚷嚷，"我认为——"

她的丈夫"嘘"了一声，我们的目光再次转向被拍摄的对象，这时汤姆·布坎南大声打着哈欠站起身来。

"麦基，你们夫妇喝点酒吧，"他说，"再去弄点冰块和矿泉水来，默特尔，免得大家睡着。"

"我早就让那个男孩去拿冰块了，"默特尔挑了挑眉毛，对下人的无能表示绝望，"这些人哪！得始终盯着他们才行。"

她看着我，莫名其妙笑起来。然后她突然扑向小狗，忘情地亲它，又冲进厨房，仿佛那里有十几个厨师正在待命。

"我在长岛拍过一些好照片。"麦基先生声称。

汤姆茫然地看着他。

"有两幅我们装了框挂在楼下。"

"两幅什么？"汤姆问。

"两幅作品。其中一幅叫作《蒙托克海角——海鸥》，另外一幅叫作《蒙托克海角——大海》。"

妹妹凯瑟琳挨着我坐在沙发上。

"你也住在长岛吗？"她问。

"我住在西蛋。"

"真的吗？一个月之前我去那里参加过派对。在一个名叫盖茨比的人的家里。你认识他吗？"

"我住在他隔壁。"

"哦，听说他是德国皇帝凯撒·威廉^①的侄子或者表亲。他的钱都是这么来的。"

"真的吗？"

她点点头。

"我怕他。我不想有任何把柄落到他手里。"

麦基太太突然指着凯瑟琳，关于我邻居的引人入胜的信息被打断了。

"切斯特，我觉得你可以给她拍张照。"她大声说，但麦基先生只是厌倦地点点头，又把注意力转回汤姆身上。

"要是有机会，我想在长岛多拍拍照片。我只求能有人引荐。"

"问问默特尔，"汤姆说，威尔逊太太正好端着托盘进来，他哈哈一笑，"她会给你写一封介绍信，是吧，默特尔？"

"干吗？"她吃惊地问。

---

① 德国皇帝凯撒·威廉（Kaiser Wilhelm, 1859—1941），即威廉二世，原名为弗里德里希·威廉·维克多·阿尔伯特·冯·霍亨索伦，是德意志帝国末代皇帝和普鲁士王国末代国王。

"你可以替麦基先生写一封介绍信给你丈夫，好让麦基先生帮他拍照。"他无声地动了动嘴唇，开始胡说八道，"《油泵旁的乔治·B.威尔逊》，或者诸如此类的玩意儿。"

凯瑟琳靠过来，轻声在我耳边说："他们谁都受不了自己的结婚对象。"

"是吗？"

"受不了，"她看看默特尔，又看看汤姆，"要我说，既然都受不了，干吗还要继续一起生活。换作是我，就马上离婚，然后和对方结婚。"

"她也不喜欢威尔逊吗？"

答案出乎意料。是默特尔回答的，她听到了我们的问题，她的回答既粗暴又下流。

"看吧，"凯瑟琳得意地嚷嚷，再次压低声音，"他们不能在一起真的是因为他的妻子。她是天主教徒，天主教徒不能离婚。"

黛西不是天主教徒，这个煞费苦心的谎言让我有点震惊。

"等他们真的结了婚，"凯瑟琳继续说，"他们会去西部住一段时间，直到事情平息。"

"去欧洲更稳妥吧。"

"哦，你喜欢欧洲?"她惊呼，"我刚从蒙特卡洛回来。"

"真的啊。"

"就在去年。我和另外一个女孩一起去的。"

"待了很久吗?"

"没多久，只是去了蒙特卡洛就回来了。是从马赛走的。我们出发时带了一千两百多美元，结果不到两天就在赌场贵宾室被骗得精光。回来的时候可惨了，我告诉你。天哪，我恨死那个地方了!"

窗外傍晚的天空闪闪发光，像是地中海蜜糖般的蔚蓝色泽——然后麦基太太尖厉的声音将我的思绪拉回屋里。

"我也差点犯了错，"她精神抖擞地宣称，"我差点嫁给一个追了我很多年的犹太小子。我知道他配不上我。大家一再对我说:'露西尔，那个男的远远配不上你!'但是如果我没有遇见切斯特，他肯定能得到我。"

"是啊，但是听着，"默特尔·威尔逊点着头说，"至少你没有嫁给他。"

"我知道啊。"

"唉，但我嫁了，"默特尔含糊其词地说，"这就是你我情况的不同。"

"你为什么要嫁给他，默特尔？"凯瑟琳问，"没人逼你。"

默特尔想了想。

"我嫁给他是因为我以为他是一位绅士，"她终于说，"我以为他有教养，但是他都不配舔我的鞋。"

"你为他疯狂过一阵呢。"凯瑟琳说。

"为他疯狂！"默特尔难以置信地嚷嚷，"谁说我为他疯狂？我对他的疯狂甚至还没超过我对那个男人呢。"

她突然指着我，大家都谴责地看着我。我试图用表情说明我和她的过往毫无牵连。

"我唯一*疯狂*的时候就是嫁给他的时候。我立刻知道自己犯了错。他借了别人最好的西装穿着结婚，却一直没告诉我，后来有一天他不在家，那人来要衣服。'哦，这是你的西装？'我说，'我头一回听说。'但是我把西装还给了他，然后躺下来，天昏地暗哭了一下午。"

"她真的应该离开他，"凯瑟琳继续对我说，"他们在修车铺里住了十一年。汤姆是她的第一个情人。"

此刻大家都频频去倒威士忌——第二瓶了——除了凯瑟琳，她"什么都不喝也一样快乐"。汤姆按铃叫来门房，派他去买一种出名的三明治当作晚餐。我想出去，在温柔的暮光中往南朝公园走去，但是每次我试图告辞，都会卷入混乱刺耳的争执，像是有一根绳子将我拉回椅子。然而城市上方我们这排透着黄色灯光的窗户，肯定为昏暗的街道上漫步的路人提供了一份隐秘遐想，而我和那个路人一样，抬头思索。我身处其中，又置身于外，同时沉醉于和抗拒着人生无穷无尽的多样性。

默特尔把椅子拉到我旁边，突然吐着温暖的气息向我讲述了她第一次遇见汤姆的情形。

"那是在火车上两个面对面的窄小座位里，总是最后剩下的那种座位。我去纽约见我妹妹，在那里过夜。他西装革履，我忍不住一直看他，但是每次他看我，我便只好假装在看他头顶的广告。我们到站时，他挨着我，洁白的衬衫前襟压着我的胳膊，于是我告诉他我要叫警察了，但他知道我在撒谎。我太兴奋了，以至于跟着他坐进了出租车，还以为自己是上了地铁。我一遍一遍地想着，人不会永远活着，人不会永远活着。"

她转向麦基太太，房间里响起了她矫揉造作的笑声。

"亲爱的，"她嚷嚷，"这条裙子我换下来就给你。明天我再去买一条。我得把要做的事情列张清单。按摩、烫头发、给小狗买颈圈，还要买那种小巧玲珑的烟灰缸，一按就会弹开盖子，以及一个系黑丝带蝴蝶结的花环，放在我母亲的墓地上，能摆一个夏天。我得写一张清单，才不会忘记所有要做的事情。"

当时是九点——转眼我再看手表，发现已经十点了。麦基先生在椅子里睡着了，握紧的拳头放在腿上，像一张活动家的照片。我掏出手帕，擦去了他脸上那抹困扰了我一下午的剃须干沫。

小狗坐在桌子上，透过烟雾茫然地张望，不时轻声哼哼。屋里的人一会儿消失，一会儿出现，计划出发，彼此失联，彼此寻找，又在几英尺外找到彼此。接近午夜时分，汤姆·布坎南和威尔逊太太面对面站着，激烈地争论威尔逊太太是否有权利提黛西的名字。

"黛西！黛西！黛西！"威尔逊太太大叫，"我想提就提！黛西！黛——"

汤姆·布坎南利落敏捷地一巴掌打断了她的鼻子。

接下来浴室地上扔着沾血的毛巾，女人们骂骂咧咧，而盖过一切混乱的，是长长的断断续续的痛苦哀号。麦基先生从瞌睡中醒来，恍惚地朝门口走去。走到一半，他转过身来，看着眼前这一幕——他的妻子和凯瑟琳一边责骂一边安抚，拿着急救药物磕磕绊绊地在拥挤的家具间走动，而那个绝望的人躺在沙发上，血流不止，试图把一本《城市闲话》摊开在凡尔赛宫风景的花毯上。接着麦基先生转身继续往外走。我从吊灯上取下我的帽子，也跟了出去。

"改天一起午餐吧。"我们坐着吱嘎响的电梯下楼时，他提议。

"去哪里？"

"随便哪里。"

"别碰控制杆。"电梯间服务生厉声说。

"抱歉，"麦基先生威严地说，"我不知道我碰到了。"

"好的，"我表示同意，"我很乐意。"

……我站在他的床边，他穿着内衣，坐在两层床单中间，手里拿着一大本作品集。

"《美女与野兽》……《孤独》……《杂货铺老马》……《布鲁克林大桥》……"

接着我半睡半醒地躺在宾夕法尼亚车站寒冷的下层候车室里，看着早晨刚出的《论坛报》，等待四点钟的火车。

第三章

整个夏天的夜晚，我邻居家里音乐声不断。在他蓝色的花园里，男男女女像飞蛾般在细语、香槟和星星间穿梭。午后涨潮时，我看着他的客人从他的浮塔上跳水，或者躺在他海滩的热沙上晒太阳，而他的两艘摩托艇劈开长岛海湾的水面，拖着滑水板行驶于泡沫的激流。每到周末，他的劳斯莱斯便成为公交车，从早上九点到深更半夜不断接送客人往返市区，而他的旅行车则像轻快的黄色甲虫一般接应所有到站的火车。星期一有八个用人，外加一个园丁，拿着拖把、刷

GEORGE BARBIER 1922

子、锤子和园艺工具苦干一整天，收拾前一晚的残局。

每星期五，五箱橙子和柠檬从纽约的水果商那里运过来——到了星期一，这些橙子和柠檬被切成两半，榨干了，在他家后门堆成金字塔。厨房里有一台机器，只要管家动动大拇指按两百次按钮，便能在半小时内把两百个橙子榨成果汁。

每两周至少有一次，一伙酒席承办人从城里带来几百英尺篷布和足够多的彩灯，把盖茨比巨大的花园装饰成一棵圣诞树。自助餐台摆放着亮晶晶的冷盆，香料烤火腿挨着种类缤纷的色拉，还有肉肠卷和烤成暗金色的火鸡。大厅里安置着带有真正黄铜踏脚栏的吧台，备有杜松子酒、烈酒和早已被人忘怀的各色甜酒，而大部分女宾客都年轻到无法分辨酒的种类。

管弦乐团七点到达，不是精简的五人乐队，而是包括双簧管、长号、萨克斯管、低音提琴、短号、短笛和高低音鼓的完整阵容。这时最后一批游泳的客人从海滩回来了，在楼上换衣服；纽约来的车在车道上停了五排，门厅、客厅和阳台满是艳丽缤纷的三原色，女人们梳着奇异新颖的发型，披着连卡斯蒂利亚①人都梦想不到的披巾。吧台热闹非凡，一轮轮鸡尾酒送入户外花园，直到气氛越来越热烈，花园里充满了欢声笑语、不经意的戏谑、转身即忘的寒暄，以及素不相识的女人们热烈的会面。

大地蹒跚离开太阳，灯光显得愈发明亮，管弦乐团演奏起黄色调的鸡尾酒爵士乐，众人歌剧般的和声又升高了一个音调。欢笑每分每秒都来得更容易，一发不可收，一句玩笑就会引起哄堂大笑。人群的组合变换越来越快，随着新客人的加入而壮大，散开后又重新聚拢；已经有人开始游走，自信的女孩在相对稳固的人群间穿梭，成为人群中瞩目的焦点，片刻欢腾过后，又怀着胜利的兴奋离去，继续在变幻不定的灯光下，游走于剧烈变幻的面孔、声音和色彩之中。

这些吉卜赛人般的女孩中，有一位浑身珠光宝气的，突然举起一杯鸡尾酒一饮而尽，为自己壮胆，然后像弗里斯科②一样摆动着手，独自在篷布舞池里起舞。片刻寂静之

---

① 卡斯蒂利亚（Castile），建立于中世纪伊比利亚半岛上的强大富有的王国，即古代西班牙王国，那里以出产美丽披巾而著名。
② 弗里斯科（Joe Frisco，1889—1958），美国著名的歌舞杂耍演员。

后，管弦乐团指挥热心地配合她改变了节奏，人们议论纷纷，误传她是齐格菲歌舞团里吉尔达·格雷①的替补演员。派对正式开始。

我相信那晚我第一次去盖茨比家时，我是少数几个真正被邀请的客人之一。人们不请自来。他们坐上去长岛的车，不知怎么就来到盖茨比家门口。他们一到那里，就会由某个认识盖茨比的人引荐，之后只要遵循游乐场的规范自行其是。有时候他们来了又走，压根没见到盖茨比，仅是真诚赴宴的心，便能算作入场券。

我确实是被邀请的。星期六清晨，一位穿着浅蓝色制服的司机穿过我家草坪，替他主人送来一封极其正式的便函，上面写着：若我能出席当晚的"小派对"，盖茨比将不胜荣幸。他见过我几次，早就想要登门拜访，但是出于种种特殊情况未能如愿——底下是杰·盖茨比郑重的签名。

晚上七点刚过，我便身着白色法兰绒套装去了他的草坪，相当不自在地在陌生人的旋涡中转悠——尽管不时会

---

① 吉尔达·格雷（Gilda Gray，1901—1959），美国女演员和舞蹈家，推广了希米舞，使这种舞蹈在 1920 年代的电影和戏剧作品中流行起来。

出现一张我在通勤火车上见过的脸。我立刻发现人群中散布着不少年轻的英国人；他们个个衣冠楚楚，个个面露饥色，个个压低了声音与体面富有的美国人热烈交谈。他们肯定是在推销东西：债券、保险或者汽车。他们最起码都揪心于眼前唾手可得的金钱，深信只要说对话，钱就能到手。

我一到那里便设法寻找主人，但是问了两三个人，他们都吃惊地看着我，矢口否认知晓他的行踪，于是我悄悄朝着鸡尾酒吧走去——那是花园里唯一可以让单身男人逗留，又不会显得漫无目的和孤独的地方。

正当我打算喝个酩酊大醉以摆脱这十足的窘境时，乔丹·贝克从屋里出来，站在大理石台阶的顶端，身体稍稍往后仰，轻蔑地俯视花园。

不管她欢迎不欢迎，我有必要在自己开始和路人热情攀谈之前找个伴。

"你好啊！"我大喊一声，朝她走去。声音在花园里听着响亮到不自然。

"我想到你可能会在，"等我走到她跟前，她心不在焉地回答，"我记得你住在隔壁——"她冷淡地握住我的手，表示她马上就会来招呼我，又转而去听两个在台阶底下停下脚步的女孩讲话，她俩穿着同样的黄裙子。

"你好啊，"她俩齐声喊，"可惜你没能赢。"

她们说的是高尔夫比赛。她在上周的决赛中输了。

"你不认识我们，"其中一个黄裙女孩说，"但是我们差不多一个月前在这里见过你。"

"你们后来染了头发。"乔丹回答，我有点吃惊，但那两个女孩已经漫不经心地走开了，她的话说给了早早升起的月亮，而月亮和晚餐一样，无疑也是从酒席承办人的篮子里拿出来的。乔丹用修长的金色胳膊挽住我，我们走下台阶，在花园里散步。一托盘鸡尾酒穿过暮光朝我们飘来，我们找了张桌子坐下，同桌的还有那两个黄裙女孩和三个男人，自我介绍起来都口齿不清。

"你常来参加派对吗？"乔丹问身边的女孩。

"上一次来就是遇见你的那次，"女孩用机灵自信的声音回答，然后转头去问同伴，"你也是吧，露西尔？"

露西尔也一样。

"我喜欢来这里，"露西尔说，"我从来不在乎干些什么，所以每次都很开心。我上次来的时候被椅子钩坏了礼服，他问了我的姓名和地址——不到一个星期，我便收到从克洛伊尔商店① 寄来的包裹，里面是一件新的晚礼服。"

"你收下了吗?"乔丹问。

"当然啦。我本来打算今晚穿的，但是胸围太大了，得拿去改一改。是一条煤气蓝色的裙子，缀着薰衣草色的珠子。两百六十五美元。"

"会这么办事的家伙真有意思，"另外一个女孩热切地说，"他不想得罪任何人。"

"谁不想?"我问。

"盖茨比。有人告诉我——"

两个女孩和乔丹神神秘秘地靠在一起。

"有人告诉我说他杀过人。"

我们都感到一阵毛骨悚然。三位口齿不清的先生也凑过去，竖起耳朵。

"我不认为真有这么回事，"露西尔表示怀疑，"他多半

---

① 克洛伊尔商店（Croirier's），作者虚构出来的商店。

是在大战时当过德国间谍。"

其中一个男人认同地点点头。

"我也听人这么说过，那人知道他的底细，和他一起在德国长大。"他把握十足地向我们保证。

"哦，不对，"第一个女孩说，"不可能是这样，因为大战期间他在美国军队。"她见自己重获了我们的信任，兴致勃勃地向前倾身，"你们趁他以为没人留意他的时候观察一下他。我打赌他杀过人。"

她眯着眼睛哆嗦。露西尔也哆嗦。我们都转身四处寻找盖茨比。那些人认为这个世界上已经没有什么需要窃窃私语的，却对盖茨比议论纷纷，足以证明他激起了多么浪漫的遐想。

第一轮晚餐——午夜后还有一轮——摆上桌来，乔丹邀请我加入她的朋友们，他们围坐在花园另外一边的桌旁。那里有三对夫妇和一位乔丹的护花使者，那是一个执拗的大学生，讲话相当含沙射影，显然认为乔丹或多或少迟早归他所有。这群人闲话不多，正襟危坐，把自己当作是端庄崇高的乡村贵族代表——他们从东蛋屈尊光临西蛋，小心翼翼地不沾染这里五光十色的欢乐。

"我们走吧,"浪费了格格不入的半个小时之后,乔丹轻声说,"这里对我来说太文雅了。"

我们起身,她向大家解释说我们要去找找主人。她说我还没见过他,这让我感到不安。大学生点点头,又挖苦又沮丧。

我们先去酒吧张望,那里挤满人,但没有盖茨比。她从台阶顶端往下看,找不到他,他也不在阳台上。我们碰运气地推开一扇看起来很庄重的门,来到一间高高的哥特风格图书室,四壁镶饰着雕花英国橡木,很有可能是从大洋彼岸的遗迹里整个搬运过来的。

里面有一个胖胖的中年人,戴着巨大的猫头鹰式眼镜,醉醺醺地坐在一张大桌旁边,目光游移地盯着书架。我们一进去,他便兴奋地转过来,从头到脚打量乔丹。

"你们觉得怎么样?"他急着问。

"什么怎么样?"

他对着书架挥挥手。"这个。说实话你们不用费心查看。我看过了。都是真的。"

"书吗?"

他点点头。

"绝对是真的——有书页,什么都有。我还以为只是些好看耐用的纸板。事实上,绝对都是真书。书页什么的——这里!我给你们看。"

他想当然地以为我们有所怀疑,急忙跑到书橱前,拿出《斯托达德演讲》①第一卷。

"看!"他得意地嚷嚷,"这是货真价实的印刷品。我被糊弄住了。这家伙简直是贝拉斯科②。太成功了。多么周到!多么真实!而且还知道适可而止——并没有裁开书页。你们还要怎样?你们还指望什么?"

他从我手里把书夺走,匆匆放回书架,嘴里嘀咕着,要是拿走一块砖,整座图书室都可能会坍塌。

"是谁带你们来的?"他问,"还是你们不请自来?我是

① 《斯托达德演讲》(Stoddard Lectures),约翰·斯托达德(John Lawson Stoddard,1850—1931)是美国作家和演讲家。他于1874年开始环游世界,并且将自己的经历变成了一系列颇受欢迎的演讲。他将讲稿定期出版,最终出版了十卷讲稿和五卷补编。

② 贝拉斯科(David Belasco,1853—1931),美国戏剧制作人、歌舞团经理、剧作家。他开拓了很多舞台灯光和特殊效果的新颖形式,以追求现实主义和自然主义。

有人带来的。大部分客人都是被带来的。"

乔丹机警而友好地看着他，没有回答。

"一个姓罗斯福的女人带我来的，"他继续说，"克劳德·罗斯福太太。你们认识她吗？我昨晚在别处遇见了她。我已经醉了一个星期了，在图书室里坐坐或许能让我清醒过来。"

"清醒了没？"

"我觉得清醒了一点点。现在还不好说。我只在这里待了一个小时。我有没有跟你们讲过这些书？它们都是真的。它们——"

"你讲过了。"

我们郑重地和他握了握手，退回门外。

人们在花园的篷布上跳舞；上了年纪的男人推着年轻女孩往后仰，笨拙地不停转圈，优雅的男女在角落相拥，跳着复杂时髦的舞步——还有很多单身女孩独自起舞，不时帮着管弦乐团弹弹班卓琴，敲敲打击乐。午夜时分，气氛更加热烈。一位著名男高音用意大利语演唱，一位声名狼藉的女低音则演唱爵士，其间，花园里到处有人在表演各自的"绝技"，阵阵快乐空洞的笑声升入夏日的天空。舞台上，一对双胞胎演员穿着戏服演了一幕娃娃戏，原来就是那两位黄裙女孩，还有香槟被装在比洗手碗还大的杯子里端上来。月亮升得更高了，倒映在长岛海湾，如同银色鱼鳞组成的三角，随着草坪上班卓琴生硬尖细的声音，轻轻颤动。

我仍然和乔丹·贝克在一起。我们的桌边还有一个跟我年纪相仿的男人，以及一个吵闹的小女孩，她稍受煽动，便失控大笑。我已经自在起来。我喝了两碗香槟，眼前的场景变得深沉、触及根本和意味深长。

娱乐表演的间歇，那个男人看着我微笑。

"你看着脸熟，"他礼貌地说，"大战期间你是不是在第一师？"

"嗯，是啊。我在二十八步兵团。"

"我在十六团，直到一九一八年六月。我就知道之前在哪里见过你。"

我们聊了一会儿法国潮湿灰暗的小村庄。他显然住在附近，因为他告诉我说他买了一架水上飞机，打算早上试飞。

"你想和我一起去吗，老朋友？就在岸边沿着长岛海湾转转。"

"什么时间？"

"看你方便。"

我正要问他的名字，乔丹转头对我微笑。

"现在开心了吧。"她说。

"好多了，"我又转头对着新认识的朋友说，"这个派对对我来说非比寻常。我还没见到主人。我住在那里——"我对着远处看不见的树篱挥了挥手，"这位盖茨比先生派他的司机送来请柬。"他看了我片刻，似乎不明白我的话。

"我就是盖茨比。"他突然说。

"什么！"我惊呼，"哦，抱歉抱歉。"

"我以为你知道，老朋友。恐怕我不是一位好主人。"

他心领神会地微笑——远远不止是心领神会。这个微笑里包含着无穷无尽的安慰，极其罕见，一生中只能遇见四五次。刹那间它面对着——仿佛面对着——整个外部世界，然后又怀着对你不可抗拒的偏爱专注在你身上。它以你想要被理解的程度理解你，以你相信自己的方式相信你，向你保证，这正是你希望传递给他人的最好印象。就在那一刻，笑容消失了——我所看到的是一位优雅年轻的粗人，三十一二岁，他刻意礼貌的谈吐接近于可笑。我强烈地感觉到他在自我介绍之前，仔细斟酌了每一个词语。

盖茨比先生刚刚表明身份，管家便匆匆跑来，通知他芝加哥来电找他。他挨个向我们每个人欠身告辞。

"你需要什么尽管说，老朋友，"他恳切地对我说，"抱歉。我们之后再聊。"

他走后，我立刻转向乔丹——非得向她表达我的惊讶。我本以为盖茨比先生会是一个浮夸臃肿的中年人。

"他是谁？"我问，"你知道吗？"

"他不就是一个叫盖茨比的人嘛。"

"我的意思是他从哪里来？他是做什么的？"

"你现在也关心起这个来了，"她懒懒一笑回答说，"嗯，他有一次告诉我他上过牛津大学。"他的背景刚要隐隐呈现，就被她的下一句话打消。

"但是我不信。"

"为什么不信？"

"我不知道，"她坚称，"我就是不信他上过牛津。"

她语气里有些什么让我想起另外一个女孩说的"我认为他杀过人",这激起了我的好奇。要是说盖茨比来自路易斯安那的沼泽地或者纽约下东区,我会毫不迟疑地接受。那是合情合理的。但是年轻人不可能——至少在孤陋寡闻的我看来——他们不可能潇洒地凭空出现,在长岛海湾买下一座宫殿。

"反正他举办大派对,"乔丹说,她不屑于谈论具体细节,礼貌地转变了话题,"我喜欢大派对。自由自在。小派对则没有隐私可言。"

响起一阵低音鼓,管弦乐团指挥的讲话声突然盖过了花园里嘈杂的交谈。

"女士们先生们,"他大声说,"应盖茨比先生的要求,我们将为大家演奏弗拉基米尔·托斯托夫①最新的作品,这部作品五月曾在卡内基大厅演出时大受欢迎。各位要是看报纸,就会知道那场演出轰动一时。"他带着愉快傲慢的神情微微一笑,补充说,"真是轰动一时啊!"大家听了这话都

---

① 弗拉基米尔·托斯托夫(Vladimir Tostoff)和之后提到的他的作品都是作者虚构的。

笑了。

"我们要演奏的曲目是,"他以洪亮的声音总结,"《弗拉基米尔·托斯托夫的爵士乐世界史》。"

我听不出托斯托夫先生作品的特质,因为演奏一开始,我的视线便落在盖茨比身上,他独自站在大理石台阶上,赞许的目光扫过一群又一群人。他脸上晒黑的皮肤紧致迷人,短发像是每天修整。我察觉不出他有丝毫恶意。我在想是否是他不喝酒的缘故,使得他在客人中显得与众不同,因为在我看来,气氛越疯癫,他越得体。《爵士乐世界史》演奏完毕,女孩像小狗一样快活地把头搁在男人的肩膀上,嬉闹着往后倒入男人怀中,甚至倒入人群,知道会有人接住她们——但是没有人倒在盖茨比身上,没有法式齐耳短发触碰盖茨比的肩膀,没有四人合唱团邀请盖茨比加入。

"打扰了。"

盖茨比的管家突然来到我们身边。

"是贝克小姐吧?"他询问,"打扰了,盖茨比先生想单独和您谈谈。"

"和我?"她惊呼。

"是的，小姐。"

她慢慢起身，吃惊地朝我抬抬眉毛，跟随管家朝屋里走去。我注意到她穿着晚礼服，她穿所有衣服都像是穿着运动装——她的动作轻快，仿佛她最初是在高尔夫球场干净清新的早晨学会走路的。

我独自一人，已经接近凌晨两点。从露台上方那个长长的有很多窗户的房间里，不时传出混乱而引人入胜的声音。陪乔丹来的那位大学生正和两个合唱团的女孩谈论有关分娩的话题，他央求我加入，为了躲开他，我走进屋里。

大房间里挤满了人。其中一个黄裙女孩在弹钢琴，她的身边有一位高大的红发年轻女人正在唱歌，她来自著名的合唱团。她已经喝了很多香槟，唱着唱着便愚蠢地认定一切世事皆悲伤——她不只是在唱歌，而且在哭泣。每到歌曲出现停顿，她便以喘息和断断续续的啜泣来填补，然后用颤抖的女高音继续演唱。泪水顺着她的脸颊淌下——却并不流畅，泪水碰到她画得浓浓的睫毛，便染上墨色，汇成缓缓的黑色小溪继续流淌。有人开玩笑地建议她演唱自己脸上的音符，她听了这话两手一摊，跌坐进椅子里，醉醺醺地沉沉睡去。

"她和一个声称是她丈夫的人吵了一架。"我身边的女孩解释。

我环顾四周。留下未走的女人大部分都在和声称是她们丈夫的男人吵架。就连乔丹那伙朋友,来自东蛋的四人组,也因为争吵而四分五裂了。其中一个男人正兴致勃勃地和一个年轻女演员聊天,起初他的妻子还试图保持尊严,冷漠地一笑了之,后来彻底崩溃,采取侧面攻击——她不时像一条愤怒的响尾蛇般突然出现在他身边,对着他的耳朵嘶嘶说:"你答应过!"

不愿意回家的不只是任性的男人。此刻门厅里还有两个不幸还清醒着的男人和他们愤慨不已的妻子。两位妻子稍稍提高了嗓门彼此表达同情。

"每次他见我玩得开心就想回家。"

"我这辈子都没听说过那么自私的事。"

"我们总是最早离开。"

"我们也是。"

"好了,我们今晚差不多是最后走的,"其中一个男人温顺地说，"管弦乐团半个小时前就离开了。"

尽管妻子们一致认为这样恶毒的话简直难以置信，他们的争吵在短暂拉扯之后便结束了，两位妻子都被抱了起来，蹬着脚，消失在夜色里。

我在门厅里等我的帽子时，图书室的门开了，乔丹·贝克和盖茨比一起走出来。他还在和她最后说着什么，但有几个客人走过来和他告别，他热切的态度随即收敛，变得客套。

乔丹那伙朋友不耐烦地在门廊里叫她，但她还是逗留了一会儿和我握手。

"我刚才听说了最匪夷所思的事情，"她低声说，"我们在里面待了多久？"

"嗯，一个小时左右。"

"真是——匪夷所思，"她心不在焉地重复，"但我发誓不会说出来，我现在就是逗逗你。"她优雅地对着我打了个哈欠，"请来看我……电话簿……找西戈尼·霍华德太太……是我的阿姨……"她一边说着一边匆匆离去——挥挥晒成棕色的手，轻快地告别，融入门口她的那伙朋友中。

第一次来就待到那么晚，我相当不好意思，于是加入了围着盖茨比的最后几位客人。我想解释我早些时候一直在找他，并且向他道歉在花园里没认出他来。

"别这么说，"他恳切地嘱咐我，"别多想，老朋友。"他温和地轻拍我的肩膀，比那个友好的称呼令人感觉更亲热。"别忘了明天早上九点我们要试驾水上飞机。"

这时管家出现在他身后说："费城有电话找您，先生。"

"好的，稍等。告诉他们我马上来……晚安。"

"晚安。"

"晚安，"他微笑——我突然发觉留到最后才走具有愉快的深意，仿佛他一直希望如此，"晚安，老朋友……晚安。"

但是当我走下台阶时，发现夜晚还没有真正结束。距离门口五十英尺处，十几盏车前灯照着一幅怪异混乱的场景。有一辆崭新的双门跑车右侧朝上翻在路边的水沟里，被猛烈地撞掉一只车轮，这辆车驶离盖茨比家的车道还不到两分钟。是墙壁尖锐的突起造成轮子的脱落，五六个爱管闲事的司机正在围观。然而，他们任由自己的车堵住道路，后面的汽车不断按喇叭，刺耳嘈杂的噪声使得已经相当混乱的场面更加不堪。

一个穿着长风衣的男人从撞坏的车里爬出来，站在路中间，看看车，看看车轮，再看看围观的人，神情既愉快又困惑。

"看哪！"他解释，"车掉进了沟里。"

这个事实令他惊诧不已，我先注意到这非同寻常的惊讶口吻，然后才认出那个人——是先前在盖茨比图书室里的那位。

"怎么回事？"

他耸耸肩。

"我对机械一窍不通。"他明确地说。

"到底怎么回事？你撞上了墙？"

"别问我，"猫头鹰眼镜说，把事情推脱得一干二净，"我不太会开车——几乎一窍不通。就这么发生了，我就知道这些。"

"你要是开不好车，就不应该在晚上试着开。"

"但我连试都没试，"他气愤地解释，"我连试都没试啊。"

围观者惊讶得鸦雀无声。

"你想找死吗？"

"幸好只是掉了一只车轮！开不好车，还试都不试。"

"你们没明白，"肇事者解释，"我没有开车。车里还有一个人。"

这句话导致现场一片"啊——"的惊呼，这时跑车车门缓缓打开。人群——现在已经围着一群人了——不由自主地往后退，车门大大敞开以后，阴森森地停顿片刻。然后极其缓慢地，一点一点地，一个脸色苍白、东倒西歪的人从撞坏的车里走出来，犹豫着用一只大号舞鞋试探地踩了踩地面。

这个幽灵般的人被车前灯照得睁不开眼睛，又被持续不断的喇叭声吵得神志不清，他站着晃了好一会儿，才认出穿风衣的人。

"怎么了？"他冷静地问，"车子没油了吗？"

"看哪！"

五六根手指指着被撞掉的车轮——他看看车轮，又看看天，仿佛怀疑车轮是从天上掉下来的。

"车轮掉了。"有人解释。

他点点头。

"我一开始没发现车子停下来了。"

他顿了顿。接着深深呼吸挺直肩膀，用坚决的语气说：

"能不能告诉我附近哪里有加油站？"

至少有十几个人向他解释车轮和车已经完全脱离了，其中有几个也没比他清醒多少。

"倒车，"他过了一会儿提议，"把车子挂倒挡。"

"但是车轮掉了！"

他迟疑了。

"试试也无妨。"他说。

刺耳的喇叭声已经达到顶点，我转身，穿过草坪回家。我回头看了一眼。圆饼般的月亮照着盖茨比的房子，夜晚和先前一样美好，花园仍然灯火通明，但欢声笑语已经消逝，只有月光依旧。主人正站在门廊上庄重地挥手告别，一阵突如其来的空虚仿佛从一扇扇窗户和大门里流淌出来，让他的身影处于彻底的孤绝中。

重读以上所写的，我发现我给人一种印象，仿佛相隔几星期的三个夜晚里发生的事情占据了我全部身心。其实不然，那不过是喧闹夏天里的一些寻常小事，而且直到很久以后，我对这些事情远远不如对自己的私事那么关注。

大部分时间我都在工作。清晨，太阳向西投射我的影子，我匆匆沿着纽约下城高楼间的白色缝隙赶去诚信信托公司上班。我和其他职员以及年轻的债券推销员混得很熟，同他们一起在昏暗拥挤的饭馆里吃小猪肉肠配土豆泥、喝咖啡作为午饭。我甚至和一个住在泽西城的财务部女孩有过一段短暂恋情，但她的哥哥开始给我脸色看，于是趁她七月去度假时，我默默结束了这段关系。

我通常在耶鲁俱乐部吃晚饭——不知为何，这是我一天中最郁闷的事情——然后我上楼去图书室，专心致志学习一小时投资和证券。周围总有捣乱的人，但他们从来不进图书室，所以那是个学习的好地方。之后，如果夜色温柔，我便沿着麦迪逊大道散步，经过古老的默里山酒店，再穿过三十三号街，来到宾夕法尼亚车站。

我开始喜欢纽约，喜欢夜晚奔放和冒险的感觉，川流不息的男男女女和车辆让人产生目不暇接的满足。我喜欢走在第五大道上，从人群中挑出浪漫的女人，想象几分钟之后我将进入她们的生活，不为人知，无人反对。有时候我在想象中跟随她们来到隐秘街角的公寓，她们冲我回眸一笑，走进大门，消失在温暖的黑暗里。在大都市迷人的暮光中，我有时感到挥之不去的孤独，觉得别人也有同感——那些贫穷年轻的职员在橱窗前徘徊，等到了时间便去餐厅独自用餐——黄昏里的年轻职员，虚度着夜晚和生命中最难熬的时刻。

又到了晚上八点，四十几号街黑暗的巷子里，引擎震动着的出租车排成五列，都要开往剧院区。我心里一阵失落。出租车在路口等待的时候，里面的人影依偎在一起，交谈声像唱歌，听不见车里说的笑话，只传出笑声，点燃的烟头在车里勾勒出模糊的光圈。我想象自己也正匆匆赶去寻欢作乐，分享他们内心的兴奋，为他们祝福。

我有一阵子没见过乔丹·贝克，直到仲夏时节才又找到她。起初陪她出行让我感到荣幸，因为她是高尔夫球冠军，人人都知道她的名字。后来我又产生了别样的感情。我并没有真正爱上她，但是我对她怀有温柔的好奇。她对世界摆出的那张厌倦而傲慢的面孔背后隐藏着什么——绝大部分装模作样的背后都隐藏着什么，即便起初并非如此——有一天我发现了她隐藏的东西。那天我们一起去沃威克参加家庭派对，她把一辆借来的车敞着敞篷停在雨里，然后撒了谎——我顿时想起那晚在黛西家里我没能回忆起来的有关她的事情。在她参加的第一场重要的高尔夫比赛上，发生了一场风波，差点上了报纸——有人提出她在半决赛时移动了球位不好的球。这件事情几乎成为丑闻——后来渐渐平息。一个球童撤回了证词，另外唯一的证人也承认他可能看错了。这件事情和她的名字却留在了我的脑海中。

乔丹·贝克本能地避开聪明狡猾的男人，现在我明白了，因为她只有在循规蹈矩的环境里才感觉更安全。她不诚实到无可救药。她不能忍受处于劣势，鉴于这种好胜心，我猜想她从很小便开始耍花招，以对世人保持那副冷漠傲慢的微笑，并且满足她那健康美丽的身体的需求。

对此我倒是无所谓。绝对不要去深究女人的不诚实——我稍感遗憾，过后即忘。正是在那次家庭派对上，我们对于开车的事情有过一番有趣的交谈。起因是她开车从几个工人身边擦过去，我们的挡泥板蹭掉了其中一个人外套上的纽扣。

"你开车太差劲了，"我抗议，"你要么更小心点，要么干脆别开了。"

"我很小心。"

"不，你没有。"

"好吧，那别人会小心。"她轻快地说。

"和你有什么关系？"

"他们会避开我，"她坚称，"双方都不小心才会出车祸。"

"万一你碰到和你一样不小心的人呢？"

"希望我永远别碰上，"她回答，"我讨厌不小心的人。所有我才喜欢你。"

她那双被太阳照得眯缝起来的灰色眼睛注视着前方，但她故意改变了我们的关系，刹那间我觉得我爱她。但是我思维迟钝，内心充满戒律，像刹车一样制约我的欲望，我知道我首先得从家乡的那段情感纠葛中彻底脱身。我每个星期都写信回去，署名"爱你的，尼克"，而所能想到的却只是那

个女孩打网球的时候，上唇沁出一层胡子一样的细密汗珠。但是，这种暧昧的默契必须巧妙地终止，我才算是自由的。

每个人都认为自己至少具有一项基本美德，我的美德是：我所认识的诚实的人为数不多，而我是其中之一。

第四章

星期天早上，当教堂的钟声响彻沿海的村庄，世间男女又回到盖茨比的家，在他的草坪上寻欢作乐。

　　"他是个私酒贩子，"年轻女士们说着，穿梭在他的鸡尾酒和花丛中，"有一次他杀了一个人，因为那人发现他是冯·兴登堡[①]的侄子，是恶魔的表亲。给我一朵玫瑰，宝

---

① 　冯·兴登堡（Paul von Hindenburg，1847—1934），德国将军和政治家，在第一次世界大战期间曾率领德意志帝国陆军；自 1925 年起至其去世，在魏玛共和国时期担任德国总统。

贝，再往我的水晶杯里倒最后一滴酒。"

我曾经在一张时刻表的空白处写下那年夏天来过盖茨比家的客人名字。现在这张时刻表已经很旧，折缝处快要断开，上方印着"此表于一九二二年七月五日起生效"。但是我仍然能看清那些灰色的名字，相比我笼统的概括，这些名字可以给人更清晰的印象，那些人接受了盖茨比的款待，却对他一无所知，以此作为回报给他的微妙敬意。

来自东蛋的有切斯特·贝克尔夫妇、利奇夫妇、我在耶鲁认识的一个名叫本森的男人、韦伯斯特·西韦医生——他去年夏天在缅因州淹死了。霍恩比姆夫妇、威利·伏尔泰夫妇以及布莱克巴克一家，他们总是聚集在角落里，不管有谁靠近，都像山羊一样掀起鼻子。还有伊斯梅夫妇、克里斯蒂夫妇（更确切地说是休伯特·奥尔巴克和克里斯蒂先生的妻子）以及埃德加·比弗，据说在某个冬天的下午，他的头发毫无原因地变得像棉花一样白。

我记得克拉伦斯·恩狄来自东蛋。他只来过一次，穿着白色灯笼裤，在花园里和一个名叫埃蒂的流浪汉打了一架。从长岛更偏远的地方来的，有切亚多夫妇、O. R. P. 施雷德夫妇、来自佐治亚州的斯通瓦尔·杰克逊·阿布拉姆，以及费什加德夫妇和里普利·斯内尔夫妇。斯内尔在入狱前三天还来过，喝到烂醉躺在石子车道上，结果被尤利西斯·斯韦特太太的汽车碾过右手。丹西夫妇也来了，还有年过六十的 S. B. 怀特贝特，以及莫里斯·A. 弗林克、哈默海德夫妇、烟草进口商贝路加和贝路加的女儿们。

来自西蛋的有波尔夫妇、马尔雷迪夫妇、塞西尔·罗贝克、塞西尔·舍恩、州参议员久利克、掌管卓越电影公司的牛顿·奥基德、埃克豪斯和克莱德·科恩、小唐·S. 施瓦策以及亚瑟·麦卡蒂，他们都和电影业有这样或者那样的关系。还有卡特利普夫妇、本伯格夫妇和 G. 厄尔·马尔登，就是后来勒死自己妻子的那个马尔登的兄弟。投资商达·方塔诺也来过，还有埃德·勒格罗、詹姆斯·B.（"酒鬼"）费里特、德·容夫妇以及欧内斯特·莉莉——他们是来赌博的，当费里特闲步走进花园，就意味着他已经输光了，而第二天联合运输公司的股票又得有利可图地波动一番。

一个叫克利普斯普林格的人频频出现，又待得很久，于是被称为"房客"——我怀疑他压根没有别的家。戏剧界人士有格斯·魏兹、贺拉斯·欧多纳文、莱斯特·迈耶、乔治·德克维德和弗朗西斯·布尔。还有来自纽约的克罗姆夫妇、贝克汉森夫妇、丹尼克尔夫妇、拉塞尔·贝蒂、科里根夫妇、凯莱赫夫妇、迪尤尔夫妇、斯库利夫妇、S. W. 贝尔彻、斯默克夫妇和现在已经离婚的年轻的奎因夫妇，还有亨利·L. 帕默托，他后来在时代广场跳到地铁前自杀了。[①]

本尼·麦克莱纳汉总是带着四个女孩一起来。每次来的女孩都不一样，可是长得很像，让人难免以为她们以前来过。我忘了她们的名字——杰奎琳，好像是，要不然就是孔苏埃拉、格洛里亚、朱迪或者琼，她们的姓要么是美妙的花朵或者月份的名字，要么就是美国伟大资本家庄严的姓氏，若是追问，她们会承认自己是那些人的表亲。

除此之外，我还记得福斯蒂娜·欧布莱恩来过至少一次，还有贝德克尔姐妹和年轻的布鲁尔，他的鼻子在战争中被打掉了，以及阿尔布鲁克斯博格先生和他的未婚妻哈格小姐、阿尔迪塔·菲茨-彼得斯和 P. 朱伊特先生——他曾经

---

① 以上宾客姓氏多为双关语，如西维特（Civet）亦可解为麝猫，布莱克巴克（Blackbuck）亦可解为印度羚，读者若有兴趣不妨对照原文查看。——编者注

是美国退伍军人协会主席。还有克劳迪亚·希普和一个据说是她司机的男人，还有某位亲王，我们叫他公爵，即便我以前知道他的名字，现在也忘了。

以上所有人都在那年夏天来过盖茨比的别墅。

七月下旬的一天，早晨九点，盖茨比的豪车一路颠簸沿石子车道来到我家门口，三个音符的喇叭奏出一段旋律。这是他第一次来找我，尽管我已经去参加过两次他的派对，搭乘过他的水上飞机，并且在他热情的邀请下，频频使用他的海滩。

"早上好，老朋友。今天你要和我吃午饭，我想我们就一起进城吧。"

他站在汽车挡泥板上保持住平衡，表现出美国人特有的多动——我猜这是因为年轻时不干体力活，也不用正襟危坐，更有可能是我们那些激烈随性的体育运动造就了不拘一格的优雅。这种特质让他动个不停，打破了拘谨。他一刻不得安静；总是在抖脚，要么就是一只手不耐烦地握紧又松开。

他见我赞赏地看着他的车。

"很漂亮吧，老朋友？"他跳下车好让我看得更清楚，"你以前没见过吗？"

我见过。人人都见过。车是华丽的奶油色，镀镍闪闪发亮，车身长得出奇，帽子盒、餐盒和工具盒四处凸起，错综复杂的挡风玻璃层层叠叠，反射出十几束阳光。车厢像绿色皮革温室一样，我们坐在重重玻璃后面，出发去城里。

在过去的一个月里，我和他交谈过五六次，失望地发现他不善言辞；起初以为他是某个重要人物的印象已经渐渐淡去，他仅仅是隔壁豪华旅馆的主人而已。

接着就发生了这次令人窘迫的同行。我们还没到西蛋村，盖茨比便不再把文绉绉的句子说完，并且犹豫不决地拍打着自己焦糖色西装的膝盖处。

"我说啊，老朋友，"他出人意料地大声说，"你对我到底是什么看法？"

我有些不知所措，只好泛泛而谈搪塞一番。

"好吧，我来和你讲讲我的身世，"他打断我，"我不希望你因为种种传言而对我产生错误的看法。"

原来那些在他家门厅里为人们增添乐趣的离奇传言，他是有所耳闻的。

"上帝作证，我告诉你的都是事实，"他突然举起右手召唤神的惩罚作为见证，"我是中西部富裕人家的儿子——家人都已经去世。我在美国长大，但在牛津接受教育，因为我的祖辈多年来都在牛津接受教育。这是家族传统。"

他斜眼看我——我明白为什么乔丹·贝克认定他在撒谎。"在牛津接受教育"这句话他匆匆带过，含糊其词，吞吞吐吐，仿佛这句话之前给他带来过麻烦。有了这样的怀疑，他的整个陈述都站不住脚，我不禁要想，他是否真有不可告人之处。

"中西部哪里？"我随口问。

"旧金山。"

"这样啊。"

"我的家人都去世了，我继承了很多钱。"

他的声音肃穆，仿佛家族突然消亡的记忆仍然萦绕心头。我刹那间怀疑他在和我开玩笑，但我看了他一眼，确信并非如此。

"此后我就像年轻的东方王公一样游遍欧洲首都——巴黎、维也纳、罗马——收集珠宝，主要是红宝石；打猎；画一点画，纯粹自己消遣，好让自己忘记很久以前的伤心事。"

我努力克制着没有发出怀疑的笑声。他的说辞都是陈腔滥调，我的脑海中只能浮现出一个缠着头巾的傀儡戏中的"角色"，在布洛涅森林①里追逐老虎，身上每个毛孔都往外漏木屑。

"后来战争开始了，老朋友。这是莫大的解脱，我竭力去死，但似乎得到庇佑。战争开始时我被任命为中尉。我带领两支机枪分遣队在阿尔贡森林②中向前突击到太远，结果长达半英里的两翼没有掩护，步兵无法跟进。我们一百三十个人和十六支刘易斯式机枪，在那里撑了两天两夜，最终步兵赶到时，他们在死人堆里发现了三枚德国师的徽章。我被提升为少校，每个同盟国政府都给我颁发了奖章——甚至

---

① 布洛涅森林（Bois de Boulogne），巴黎第十六区西边的一片公共森林。

② 阿尔贡森林（Argonne Forest），法国东北部狭长的山林地带。第一次世界大战期间，德军和盟军在这里展开激烈的战斗。

包括黑山王国，亚得里亚海边上小小的黑山王国！"

小小的黑山王国！他强调了这几个字，微笑点头。这个微笑表示他了解黑山王国坎坷的历史，同情黑山人民英勇的斗争。他充分理解这个民族的形势，由此博得了来自黑山王国热情的馈赠。我的怀疑已经被惊奇的感觉淹没，就像是匆匆翻阅了十几本杂志。

他从口袋里掏出一块系着绸带的金属片，放在我手上。

"这就是黑山王国的奖章。"

我吃惊地发现，这玩意儿看起来是真的。

"丹尼罗勋章"，环形的铭文写着，"黑山王国尼古拉斯国王"。

"翻过来。"

"杰·盖茨比少校，"我读道，"英勇非凡。"

"我还有一件随身携带的东西，是牛津时代的纪念品，在三一学院拍的——我左边这位现在是唐卡斯特伯爵。"

在这张照片里有六个穿着运动夹克的年轻男人，在一道拱门里悠闲站着，背后能看到很多塔尖。盖茨比也在其中，看起来并没有比现在年轻多少——手里握着板球拍。

看来他说的都是真的。我仿佛看见一张张炫目的老虎皮挂在他威尼斯大运河上的豪宅里；我仿佛看见他打开一箱红宝石，深红色的光泽减轻了他破碎心灵的痛苦。

"今天我要请你帮我一个大忙，"他说着，心满意足地把他的纪念品放回口袋里，"所以我希望你先对我有所了解。我不想让你认为我只是无名之辈。你知道，我常常置身于陌生人中，因为我四处游荡，试图忘记那件伤心事。"他犹豫片刻，"你今天下午就会知道。"

"午饭时？"

"不是，今天下午。我碰巧知道你约了贝克小姐喝茶。"

"你是说你爱上了贝克小姐？"

"没有，老朋友，我没有爱上她。但是贝克小姐很乐意和你谈谈这件事。"

我完全不知道"这件事"是指什么，但我感觉恼火多于好奇。我邀请乔丹喝茶不是为了讨论杰·盖茨比先生。我敢肯定他的请求会是异想天开的事情，我顿时后悔当初踏上他人满为患的草坪。

他没再往下说。我们越接近城里，他越发举止得体。我们经过了罗斯福港，涂着红色满载线的远洋轮从视线里一闪而过，然后我们沿着贫民窟的石子路疾驶，两边都是仍有人光顾的昏暗酒馆，是二十世纪初褪色的镀金时代遗留下来的。接着灰烬山谷在我们两侧展现，我瞥见威尔逊太太，我们驶过的时候她正气喘吁吁地奋力压着油泵。

汽车挡泥板像翅膀一样张开，我们为半个长岛市散播光芒——只有半个，因为我们在高架铁路的支柱间穿梭时，我听到摩托车熟悉的"突突——*呼噜*！"声，一个气急败坏的警察骑到我们旁边。

"好吧，老朋友。"盖茨比大声说。我们放慢速度，他从钱包里掏出一张白色卡片，在警察眼前晃了晃。

"没事了，"警察应承着，碰碰帽檐说，"下回就认得您了，盖茨比先生，*抱歉*！"

"那是什么？"我问，"是牛津的照片？"

"我帮过警察局局长一个忙，他每年都给我寄一张圣诞卡。"

大桥上，阳光穿过桥梁吊索照在行驶的汽车上，忽明忽暗，河对面的城市拔地而起，一堆堆楼房白色糖块似的，但愿都是用没有铜臭的钱建造的。从皇后区大桥①眺望，这座城市永远如同初见，第一眼便蕴含着世间全部的神秘和美。

一辆装着死人的灵车从我们旁边开过，里面堆满鲜花，后面跟着两辆拉着窗帘的马车，接着还有几辆稍稍轻快些的马车载着亲友。亲友向窗外望着我们，从他们忧郁的眼神和短短的上唇看来，他们来自东南欧，我很高兴在他们肃穆的出殡车队里能看到盖茨比的豪车。我们穿过布莱克韦尔岛②的时候，一辆高级轿车超过我们，开车的是白人司机，里面坐着三个时髦的黑人，两个小伙子和一个女孩。他们傲慢地朝我们翻白眼，想要较量一番，我哈哈大笑。

"过了这座桥，任何事情都有可能发生，"我心想，"任何事情……"

即便出现盖茨比这样的人物，也无须大惊小怪。

酷热的中午。我在四十二号街风扇大开的地下餐厅和盖

---

① 皇后区大桥（Queensboro Bridge），又称第59街大桥，位于纽约东河上，连接皇后区和曼哈顿，竣工于1909年。
② 布莱克韦尔岛（Blackwell Island），即现在的罗斯福岛，位于东河上。

茨比见面吃午饭。从外面街道明亮的光线中走进来，我眨了眨眼睛适应，模模糊糊看到他在前厅和另外一个人说话。

"卡拉韦先生，这是我的朋友沃尔夫山姆先生。"

一个塌鼻子的矮小犹太人抬起他的大脑袋，用鼻孔里两撮茂盛的鼻毛打量我。我过了一会儿才在半昏半暗中找到了他的小眼睛。

"——于是我看了他一眼，"沃尔夫山姆先生说着，热切地和我握了握手，"你猜我做了什么？"

"什么？"我礼貌地问。

但他显然不是跟我说话，因为他放开我的手，富有表情的鼻子对着盖茨比。

"我把钱给了卡茨珀夫，说：'好了，卡茨珀夫，他要是不闭嘴就一分钱也别给他。'他当场就闭嘴了。"

盖茨比挽起我俩的胳膊，走进餐厅，沃尔夫山姆先生咽下刚要说出口的话，陷入梦游般的出神中。

"要来杯威士忌苏打吗？"餐厅领班问。

"这家餐厅很不错，"沃尔夫山姆先生说，看着天花板上画着的长老会仙女，"但是我更喜欢街对面那家。"

"好，威士忌苏打，"盖茨比赞同，然后对沃尔夫山姆先生说，"那边太热了。"

"又热又小——没错，"沃尔夫山姆先生说，"但是充满回忆。"

"那是什么地方？"我问。

"老大都会。"

"老大都会，"沃尔夫山姆先生忧伤地沉思，"那里都是逝去的面孔，都是永远离开了的朋友。我一辈子都不会忘记他们开枪打死罗西·罗森塔尔的那天晚上。我们桌上有六个人，罗西整晚大吃大喝。天快亮时，服务生表情古怪地走到他跟前，说外面有人找他。'好啊。'罗西说着正要起身，我把他拉回椅子上。

"'那些混蛋想找你就让他们自己进来，罗西，听我的，别走出这个房间。'

"那时是清晨四点，要是我们拉开窗帘就会看到天亮了。"

"他去了吗？"我天真地问。

"当然去了，"沃尔夫山姆先生愤怒地冲我掀掀鼻子，"他在门口转身说：'别让服务生拿走我的咖啡！'然后他来到人行道，他们对着他酒足饭饱的肚子开了三枪，开车走了。"

"其中四个坐了电椅。"我想起来了。

"五个，包括贝克在内，"他饶有兴趣地将鼻孔对着我，"我听说你想找关系做生意。"

这两句话放在一起令我吃惊。盖茨比替我回答。

"哦，不是，"他大声说，"他不是那个人。"

"不是？"沃尔夫山姆先生似乎有点失望。

"他只是一位朋友。我告诉过你，我们另找时间谈那件事情。"

"抱歉，"沃尔夫山姆先生说，"我搞错人了。"

一盘美味的肉末土豆泥端了上来，沃尔夫山姆先生忘记了老大都会的伤心往事，津津有味地大吃起来。与此同时，他的眼睛非常缓慢地环顾整个房间；转身打量完身后那桌客人，他的视线完成了一道圆弧。我心想，要不是我在，他或许还会迅速朝桌子底下扫一眼。

"听着，老朋友，"盖茨比靠近我说，"今天早晨在车里我恐怕是惹你生气了。"

他脸上又出现了那种微笑，但是这次我无动于衷。

"我不喜欢神神秘秘，"我回答，"而且我不明白你为什么不能坦诚一些，告诉我你想要什么。为什么要通过贝克小姐来说？"

"哦，不是什么见不得人的事情，"他向我保证，"贝克小姐是一个了不起的运动员，你知道的，她从来不做不正当的事情。"

他突然看了看手表，跳起来，匆匆离开餐厅，把我和沃尔夫山姆先生留在桌边。

"他得去打电话，"沃尔夫山姆先生说，目送着他，"好小伙啊，是不是？相貌堂堂，而且还是地道的绅士。"

"是的。"

"他是纽津^① 人。"

"哦！"

"他上过英国的纽津大学。你知道纽津大学吧。"

"我听说过。"

"是全世界最有名的大学之一。"

---

① 原文为 Oggsford，是 Oxford（牛津）的口误。

"你认识盖茨比很久了吗?"我问。

"几年了,"他心满意足地回答,"战争刚刚结束时我有幸和他相识。但是和他才聊了一个小时,我便发现他很有教养。我对自己说:'这是那种你想要带回家介绍给母亲和妹妹认识的人。'"他顿了顿说,"我发现你在看我的袖扣。"我没在看他的袖扣,但现在我留意到了。

它们是用象牙做的,看着眼熟得奇怪。

"是用最好的真人臼齿做的。"他告诉我。

"这样啊!"我仔细看了看,"这个想法非常有趣。"

"是啊,"他把衬衫袖口掖进大衣里,"是啊,盖茨比对待女人很谨慎。他绝不会多看朋友的妻子一眼。"

等这位让人从本能上想要信赖的对象回到桌边坐下,沃尔夫山姆先生一口喝完咖啡,站起身来。

"这顿饭吃得真愉快,"他说,"我要走了,趁我还没惹你们两个年轻人厌烦。"

"别急着走啊,迈耶。"盖茨比毫无热情地说,沃尔夫山姆先生抬了抬手表示祝福。

"你们很懂礼貌,但我们是两代人,"他严肃地说,"你们再坐坐，继续讨论你们的运动、你们的年轻女人和你们的——"他挥了挥手来代替一个想象的名词，"至于我，我五十岁了，我不会再打扰你们。"

他和我们握手，转身告辞，悲哀的鼻子在颤动。我不知我是否说了什么冒犯他的话。

"他有时会变得非常多愁善感，"盖茨比解释，"今天是他多愁善感的日子之一。他在纽约是个人物——他是百老汇的常客。"

"他到底是什么人，是演员吗？"

"不是。"

"牙医？"

"迈耶·沃尔夫山姆？不不，他是一个赌棍，"盖茨比犹豫片刻，轻描淡写地补充说，"他是一九一九年非法操纵世界棒球大赛 ① 的人。"

---

① 指 1919 年世界大赛（1919 World Series），是 1919 年由代表美国联盟的芝加哥白袜队与代表国家联盟的辛辛那提红人队之间的系列比赛。八名白袜队员被指控与赌棍连谋打假球，输掉比赛，这就是恶名昭彰的"黑袜丑闻"，也是美国职业棒球历史上最黑暗的一页。黑袜丑闻使得八名白袜队员被判终生禁赛，并且催生了美国职业棒球大联盟的执行长制度。

"非法操纵世界棒球大赛？"我重复了一遍。

这个说法让我相当吃惊。当然，我记得，世界棒球大赛在一九一九年被非法操纵，但即便我想起过这件事，也只以为这是一件发生了的事，是一系列事件的必然后果。我从没想过有人能凭一己之力玩弄五千万人——就像盗贼撬开保险箱时那样专注。

"他怎么会干这个？"我过了一会儿问。

"他只是瞧准了机会。"

"他怎么没有坐牢？"

"他们抓不住他，老朋友。他是一个聪明的人。"

我坚持要付账。服务生找钱给我的时候，我看见汤姆·布坎南在拥挤的餐厅的另一头。

"跟我过来一下，"我说，"我要去和一个人打招呼。"汤姆一看见我们就跳起来，朝我们迈了五六步。

"你上哪儿去了？"他急切地问，"你不来电话黛西气坏了。"

"布坎南先生，这是盖茨比先生。"

他们草草握了握手，盖茨比的脸上露出一种少有的紧张的尴尬神情。

"你最近怎么样？"汤姆问我，"你怎么跑这么远来这里吃饭？"

"我和盖茨比先生来吃午饭。"

我回头看盖茨比，但他已经不在了。

一九一七年十月的一天——

（那天下午，乔丹·贝克笔挺地坐在广场酒店茶园的靠背椅里开始讲述。）

——我从一个地方步行到另外一个地方，一半走在人行道，一半走在草坪上。我更喜欢走在草坪上，因为我穿着从英国买的鞋子，鞋底有橡胶颗粒，能踩进柔软的地面。我穿着一条新的格纹裙，风一吹，就稍稍掀起，各家门前红、白、蓝三色的旗子也随风挺得笔直，发出"啧——啧——啧——啧"的声音，好像不以为然。

黛西·费伊家的旗子和草坪都是最大的。她刚满十八岁，比我大两岁，是当时路易斯维尔所有年轻女孩中最受欢迎的。她穿白色衣服，有一辆白色敞篷车。家里电话整天响

个不停，都是兴奋的年轻军官从泰勒营地①打来的，渴望当晚能享有与她独处的荣幸。"无论如何给我一个小时吧。"

那天早晨我来到她家对面，她的白色敞篷车停在路边，她和一位我从没见过的中尉坐在车里。他们沉浸于两人世界，我走到五英尺近，她才看见我。

"你好啊，乔丹，"她出人意料地叫住我，"请过来一下。"

她要和我说话，我受宠若惊，因为在所有年长的女孩中，我最仰慕她。她问我是不是要去红十字会做绷带。我说是的。她问我能不能转告他们，她那天去不了。黛西说话的时候，那位军官始终用所有年轻女孩梦寐以求的眼神望着她，在我看来那么浪漫，我至今记忆犹新。他叫杰·盖茨比，从那以后我有四年没再见过他——甚至在长岛遇见他之后，我也没有意识到那是同一个人。

那是一九一七年。第二年我自己也有了几位追求者，而且我开始参加比赛，所以不经常见到黛西。她和一群年龄稍长的人交往——如果她还和任何人交往的话。有关她的谣

---

① 泰勒营地（Camp Taylor），位于路易斯维尔东南约十公里处的军事基地，第一次世界大战期间曾是美国最大的军事训练营。

言四起——据说她的母亲在一个冬天的夜晚发现她要收拾行李去纽约，与一位即将去海外的军人道别。她被拦了下来，但是之后好几个星期不跟家里人讲话。她从此再也不和军人玩了，只和城里那些因为扁平足和近视眼而无法参军的年轻人来往。

第二年秋天她又活跃起来，一如既往地活跃。停战以后她首次在社交派对露面，据说二月她和一位来自新奥尔良的男人订了婚。六月，她就嫁给了来自芝加哥的汤姆·布坎南，奢华的盛况在路易斯维尔前所未有。他和一百来位客人包了四节车厢南下，又租了米尔巴赫酒店整整一层楼，婚礼前一天，他送给她一串价值三十五万美元的珍珠项链。

我是伴娘。婚宴开始前半个小时，我来到她的房间，发现她穿着印花裙子躺在床上，和六月的夜晚一样美好，烂醉如泥。她一手拿着一瓶苏特恩白葡萄酒，一手拿着一封信。

"祝贺我吧，"她喃喃说，"我从没喝过酒，哦，但我喝得真快乐。"

"怎么了，黛西？"

我吓坏了，我告诉你，我从没见过女孩醉成这样。

"给你，亲爱的。"她在拿到床上的废纸篓里摸索，掏出一串珍珠项链，"把这个拿去楼下，是谁的就还给谁。告诉他们黛西改变主意了。就说，'黛西改变主意了！'。"

她哭了起来——她哭啊哭。我冲出来找到她母亲的用人，我们锁上门，给她洗了一个冷水澡。她不肯松开那封信。她把信带进浴缸，揉成湿纸团，直到信碎成了雪片，她才让我放在肥皂碟里。

但是她一句话也没再说。我们给她闻嗅盐①，把冰块放在她的额头，重新帮她穿好裙子。半个小时以后，我们走出房间时，珍珠项链戴在她的脖子上，风波就算过去了。第二天五点，她若无其事地嫁给了汤姆·布坎南，开始了为期三个月的南太平洋之旅。

他们回来以后，我在圣巴巴拉见过他们，我想我从没见过一个女孩对自己的丈夫那么痴迷。他只要片刻不在房间，她便不安地四处张望，说着"汤姆去哪里了？"，满脸失魂落魄的表情，直到看见他走进门来。她常常在沙滩上坐一个

---

① 嗅盐，一种用来减轻昏迷或头痛的药品，主要成分为碳酸铵和香料。

小时，让他把头枕在自己膝盖上，用手指按摩他的眼睛，无
比快乐地注视着他。他们在一起的情景很动人——会让你
着迷地会心一笑。那是八月。我离开圣巴巴拉一个星期之
后，有一天晚上汤姆在文图拉路与一辆货车相撞，撞掉一只
汽车前轮。和他在一起的女孩也上了报纸，因为她的胳膊撞
断了——她是圣巴巴拉酒店里收拾房间的女服务生。

第二年四月黛西生了一个小女孩，他们去法国待了一
年。有一年春天我在戛纳见到他们，后来又在多维尔见过，
之后他们回到芝加哥定居。你知道的，黛西在芝加哥很受欢
迎。他们交往着一群纨绔子弟，个个年轻、富有、放浪，但
她的名声完美无瑕。或许是因为她不喝酒。在爱喝酒的人中
间坚持不喝酒是了不起的优点。你不会乱说话，而且当其他
人都已经喝蒙了，你即便稍有不检点，也不会有人看见或者
在意。也许黛西对风流韵事根本不感兴趣——然而她的声
音却有那么一点……

嗯，大概六个星期之前，她在这些年里第一次听到盖
茨比的名字。就是上次我问你——你还记得吗——我问你
是否认识住在西蛋的盖茨比。你回家以后她到我的房间把

我叫醒，问我："哪个盖茨比？"我形容了一番——半睡半醒地——她用最古怪的声音说肯定是她过去认识的那个人。我这才把盖茨比和坐在她白色敞篷车里的军官联系到一起。

等乔丹·贝克说完了这些，我们离开广场酒店已经有半个小时，正乘坐一辆敞篷马车穿过中央公园。太阳沉落在西五十几号街电影明星住的高层公寓背后，女孩们清脆的声音像草地里蝈蝈的叫声，穿过炙热的暮色。

> 我是阿拉伯的酋长。
> 你的爱属于我。
> 夜晚当你沉睡，
> 我会溜进你的帐篷——

"真是奇怪的巧合。"我说。

"但这根本不是巧合。"

"为什么不是？"

"盖茨比买下那幢房子，就是因为黛西住在海湾对面。"

所以六月的那个夜晚他所渴望的并不仅仅是空中的星星。他突然从虚无华丽中脱胎而出，在我心里成了活生生的人。

"他想知道，"乔丹继续说，"你是否愿意哪天下午邀请黛西来你家，然后也让他过来坐坐。"

这个微不足道的请求让我震惊。他苦等五年，买下一座府邸，散播星光给往来的飞蛾——只为了能在某天下午去一个陌生人的花园"坐坐"。

"他非得让我知道一切之后，才能拜托我这点小事吗？"

"他害怕，他等得太久了。他担心冒犯你。你要知道，他内心只是一个普通人。"

我还是有些不安。

"他为什么不让你来安排见面？"

"他想让她看看他的房子，"她解释，"你家刚好在隔壁。"

"哦！"

"我想他原本还期待着某天晚上她会出现在他的派对上，"乔丹继续说，"但是她始终没有来过。于是他开始有意无意地打听是否有人认识她，我是他找到的第一个人。就是那天晚上，他在舞会上派人找我，你真应该听听他如何煞费苦心地进入正题。当然了，我立刻建议大家在纽约一起吃顿午饭——他却疯了似的：'我不想做什么出格的事！'他不断说，'我就想在隔壁见见她。'

"当我说起你是汤姆特别好的朋友时，他又想打消全部的念头。他对汤姆了解不多，尽管他说他好几年来都读一份芝加哥报纸，只为能有机会看到黛西的名字。"

天黑了，我们的马车钻进一座小桥底下时，我伸手搂住乔丹金色的肩膀，把她拉过来，邀请她共进晚餐。突然之间我想的不再是黛西和盖茨比，而是这个纯洁的、坚定的、目光狭隘的人，她对一切持有怀疑态度，她快活地靠在了我怀里。有一句话在我耳边回响，令人目眩神迷："只有被追求者和追求者，忙碌的人和疲惫的人。"

"黛西的人生中应该拥有一些什么。"乔丹喃喃对我说。

"她想见盖茨比吗？"

"她还不知道这事。盖茨比不想让她知道。你请她过来喝茶就行。"

我们经过一排黑黝黝的树，五十九号街的建筑出现在眼

前，一片柔和暗淡的光线从那里照进公园。我和盖茨比以及
汤姆·布坎南不同，我眼前没有哪个女孩游离的脸在黑暗的
屋檐和眼花缭乱的招牌间徘徊，于是我拉近身边的女孩，紧
紧搂住。她苍白轻蔑的嘴流露出微笑，我便把她拉得更近，
这次拉到我的面前。

第五章

那天晚上我回到西蛋，一度以为我家着火了。凌晨两点，半岛整个角落熠熠生辉，光芒不真实地映着灌木丛，路边的铁丝网闪着细细长长的光。转过弯去，我才发现那是盖茨比的家，从塔楼到地窖灯火通明。

起初我以为又是一场派对，狂欢的宴会把整栋房子变成游戏场，大家一起玩捉迷藏或者"罐头沙丁鱼"。然而那里寂静无声。只有树林里的风，风吹动铁丝网，灯光忽明忽暗，像是房子在对黑暗眨眼。我的出租车吱吱嘎嘎开走以后，我看见盖茨比穿过草坪朝我走来。

"你家看起来像在举办世界博览会。"我说。

"是吗？"他心不在焉地转身看了一眼，"我刚刚在几个房间里转了转，我们去科尼岛吧，老朋友。坐我的车。"

"时间太晚了。"

"哦，那去游泳池里游一会儿？我整个夏天都没下过水。"

"我得睡了。"

"好吧。"

他等待着，按捺住迫切的心情看着我。

"我和贝克小姐谈过了，"我过了一会儿说，"我明天打电话给黛西，请她过来喝茶。"

"哦，好的，"他淡淡地说，"我不想给你添麻烦。"

"你哪天方便？"

"你哪天方便？"他马上纠正我，"你知道，我不想给你添麻烦。"

"后天怎么样？"他思考了一会儿，勉为其难地说，"我想找人来修整草坪。"

我们都看着草——我这边参差不齐的草坪，和他那一大片修整得整整齐齐的深色草坪之间，有一道清晰的分界。我想他指的是我这边的草。

"还有一件小事。"他含糊地说，犹豫了片刻。

"你是不是想推迟几天？"我问。

"哦，和这个没关系。至少——"他结结巴巴地不知从哪里说起，"嗯，我想——嗯，是这样的，老朋友，你赚的钱不多，是吧？"

"不太多。"

这似乎让他放下心来，他更自信地往下说。

"我想也是，希望你不介意我这么说——你知道，我附带做一些小生意，算是副业，你明白。我想既然你赚的钱不多——你在卖债券，是吧，老朋友？"

"试着做做。"

"是这样，有件事情你或许会感兴趣。不会花很多时间，还能赚到一笔可观的收入。不过这是一件相当机密的事情。"

我现在意识到，换种情况，这场对话或许会成为我人生的转折点。然而这个提议过于露骨，过于生硬，就是为了回报我帮他的忙，我别无选择，只能打断了他。

"我手头事情太多,"我说,"我很感激,但我不能再接更多工作了。"

"你不用和沃尔夫山姆打交道。"他显然以为我是为了回避那天午餐时提到的"关系",但我向他保证不是这样的。他又等了一会儿,希望我找个话题,然而我心思不在这里,不想理会,于是他不情愿地回家了。

那天夜晚我又晕眩又快乐,一进家门就倒头大睡。所以我不知道盖茨比有没有去科尼岛,也不知道他在灯火辉煌的家里,花了多长时间"在几个房间里转了转"。第二天早晨我从办公室给黛西打电话,请她过来喝茶。

"别带汤姆。"我提醒她。

"什么?"

"别带汤姆。"

"谁是'汤姆'啊?"她故作天真地问。

我们约好的那天大雨倾盆。十一点,一个穿着雨衣的男人拖着割草机敲响我家前门,说是盖茨比先生派他过来割草的。这让我想起我忘了叫我的芬兰用人过来,于是我开车去西蛋村,在两边都是石灰墙壁的潮湿小巷里找她,顺便买了一些杯子、柠檬和鲜花。

没必要买鲜花，因为下午两点盖茨比从家里送来一暖房的花，还有数不清的插花器皿。一个小时以后，前门战战兢兢地被推开，盖茨比身着法兰绒西装，银色衬衫，金色领带，匆匆走进来。他脸色苍白，眼圈因为缺觉而发黑。

"一切都好吧？"他立刻问。

"草坪看起来不错，如果你是问这个。"

"什么草坪？"他茫然地问，"哦，院子里的草坪。"他向窗外张望，但是从他的神态判断，我相信他什么都没看见。

"看起来很不错，"他含糊地说，"有份报纸说四点左右雨会停。我记得是《纽约日报》。喝茶需要的东西都准备好了吗？"

我带他来到食品间，他略带责备地看着芬兰用人。我们一起查看了从熟食店买来的十二块柠檬蛋糕。

"这样行吗？"我问。

"当然，当然！很好！"他言不由衷地补上一句，"……老朋友。"

三点半左右雨渐渐转小，变成湿雾，偶尔有小小的雨点像露珠一样滴落。盖茨比无精打采地翻看克莱①的《经济学》，每当芬兰用人的脚步撼动厨房地板，他就给吓一跳；他不时瞥向朦朦胧胧的窗外，仿佛外面正发生着一连串看不见却令人担忧的事情。最后他站起身来，用犹疑的声音告诉我，他要回家了。

"为什么？"

"不会有人来喝茶了。时间太晚了！"他看着手表，仿佛别处还有急事等着他去办，"我不能等上一整天。"

"别傻了；还差两分钟才到四点呢。"

他凄惨地坐下，像是我推了他似的，这时，我家巷子里传来汽车声。我俩都跳了起来，我自己也有些慌张地来到院子里。

没有开花的丁香树滴着水，一辆大敞篷车从树下开上车道。车停了下来。黛西戴着一顶薰衣草色的三角帽，她侧过

---

① 亨利·克莱（Henry Clay，1883—1954），英国经济学家，曾是牛津大学纳菲尔德学院院长。他于1916年出版的《经济学》对经济理论进行总结，是当时使用最广泛的经济学入门教材之一。

脸来，露出明媚喜悦的微笑看着我。

"你就住在这里吗，我最亲爱的人？"

她轻柔荡漾的声音振奋人心，在雨中格外悦耳。我得先用耳朵追随她起起伏伏的声音，然后才能领会词语的意义。一绺潮湿的头发沾在她的脸上，像一抹蓝色的颜料，我牵着她的手扶她下车时，她的手上沾着晶莹的雨点。

"你是爱上我了吗，"她轻轻在我耳边说，"不然为什么要我一个人来？"

"这是拉克伦特城堡①的秘密。叫你的司机把车开得远远的，一个小时以后再回来。"

"一个小时以后再回来，费尔迪，"然后她严肃地低声说，"他的名字叫费尔迪。"

"汽油是不是影响到他的鼻子？"

"没有吧，"她天真地说，"怎么了？"

我们走进屋里。令我大吃一惊的是，客厅空无一人。

---

① 《拉克伦特城堡》(Castle Rackrent)，玛利亚·埃奇沃思于 1800 年出版的短篇小说，故事背景设置在 1782 年之前，通过管家萨迪·夸克之口讲述了四代拉克伦特继承人的故事。由于他们对遗产继承顺序安排不善，最终使得管家儿子的阴谋得逞，从中获利。

"啊，有意思。"我惊呼。

"有意思什么？"

前门轻轻响起彬彬有礼的敲门声，她转过头去。我去开门。是盖茨比，他面如死灰，双手像秤砣一样插在外套口袋里，站在一摊水中，悲惨地看着我的眼睛。

他跟随我走进门厅，双手依然插在外套口袋里，像牵线木偶似的猛然转身，消失在客厅。那样子一点也不有趣。我意识到自己的心怦怦直跳，关门挡住外面越下越大的雨。

半分钟里寂静无声。接着客厅里传来哽咽似的低语和一点笑声，随后黛西用清脆刻意的声音说："能再见到你，我太高兴了。"

一阵寂静，时间长得难以忍受。我在门厅里无事可做，于是走进房间。

盖茨比斜靠着壁炉，双手依然插在口袋里，勉强装出轻松，甚至百无聊赖的模样。他的头大幅度往后仰，倚在已经停摆的壁炉钟面上，他心烦意乱的眼睛从这个位置俯视着黛西，而黛西端坐在一张硬椅的边上，神情惶恐，姿态优雅。

"我们以前见过。"盖茨比咕哝着。他的眼睛立刻瞥向我，张开嘴唇想笑，却没能笑出来。幸好这时候壁炉钟被他的头碰得摇摇欲坠，他转身用颤抖的手指扶住，放回原位。然后他僵硬地坐下，胳膊肘撑着沙发扶手，手托住下巴。

"对不起，碰到了钟。"他说。

我自己的脸也炙热起来。脑子里有成百上千句客套话，却一句也说不出来。

"一台旧钟罢了。"我傻乎乎地说。

那一刹那，我想我们都以为那台钟已经在地上摔得粉碎。

"我们很多年没见了。"黛西说，她尽可能地不动声色。

"到十一月就整整五年了。"

盖茨比不假思索的回答让我们都愣了至少一分钟。情急之下我请他俩去厨房帮忙煮茶，而这时可恶的芬兰用人用托盘把茶端了进来。

倒茶切蛋糕的忙乱来得正好，从中形成了某种实实在在的体面。黛西和我交谈时，盖茨比躲到一边，紧张且不快乐的眼睛认真地在我俩之间看来看去。然而，总不能始终如此冷静，于是我一有机会就借口离开。

"你去哪里?"盖茨比立刻警觉地问。

"我马上回来。"

"你走之前我有话跟你说。"

他发疯似的跟我走进厨房,关上门,痛苦地低声说:"哦,天哪!"

"怎么了?"

"这是一个可怕的错误,"他摇着头说,"非常可怕的错误。"

"你只是不好意思,没别的,"幸好我又补了一句说,"黛西也不好意思。"

"她不好意思吗?"他不相信地重复。

"她和你一样。"

"别说这么大声。"

"你像个小孩似的,"我不耐烦地脱口而出,"不仅如此,你还很没礼貌。黛西孤零零坐在里面呢。"

他举起手来打断我,用令人难忘的责备目光看着我,小心翼翼推开门,回到那间房间。

我从后门走了出去——半小时之前盖茨比也是从这里

走出去，绕着房子紧张地转了一圈——我来到一棵黑黝黝的盘根错节的大树底下，密布的树叶挡住了雨水。再次下起瓢泼大雨，我那片不平整的草坪虽然被盖茨比的园丁精心修剪过，却布满小小的泥洼和史前的沼泽。站在树底下，除了盖茨比的豪宅没什么可看的，于是我盯着看了半个小时，像康德①盯着他的教堂尖顶。这栋房子是十年前一位酿酒师在"仿古"风潮初期建造的，有传言说他答应为周围所有村舍支付五年税费，只要它们的主人愿意在屋顶铺上茅草。或许是他们的拒绝使得他建立家业的计划遭受致命打击——他很快一病不起。他的子女卖掉房子时，门上还挂着哀悼的花环。美国人或许心甘情愿做苦役，却绝对不肯做农民。

半个小时以后，太阳又出来了，杂货商的车拐上盖茨比家的车道，为用人送来晚餐所需的新鲜食材——我敢肯定他自己一口也不会吃。一个女佣开始打开楼上的窗户，在每扇窗口出现片刻，然后从正中间的大窗户探出身子，若有所思地朝花园啐了一口。我该回去了。刚才那淅淅沥沥的雨声

---

① 康德（Immanuel Kant，1724—1804），启蒙时代著名德国哲学家，德国古典哲学创始人。据说他在沉思的时候常常凝视窗外的教堂尖顶。

仿佛他们的窃窃私语，不时伴随感情的迸发而高昂些许。但是在这新的寂静中，我感到整栋房子也静了下来。

我走进屋里——尽可能在厨房弄出各种动静，就差没有推翻炉子了——但我相信他们什么都没听到。他们各自坐在沙发的一头，注视着对方，像是提出了问题，或是等待答案，尴尬的迹象已经荡然无存。黛西泪流满面，我一进来，她便跳起来，对着镜子用手帕擦脸。但是盖茨比的变化令人费解。他简直容光焕发；虽然没有任何表示喜悦的言语或姿态，他身上却散发出一种全新的幸福感，充盈着小小的房间。

"哦，你好啊，老朋友。"他说，像是好几年没见到我。我一度以为他要和我握手。

"雨停了。"

"是吗？"等他明白过来我在说什么，看见房间里阳光闪烁，他欣喜若狂，笑得像是天气预报员，好像这回归的阳光是出自他的守护。他又把这个消息复述给黛西："你觉得呢？雨停了。"

"我很高兴，杰。"她只是表达意外的喜悦，声音却充满疼痛的、哀伤的美。

"我想请你和黛西去我家，"他说，"我想带她四处看看。"

"你真的要我一起去吗？"

"当然啊，老朋友。"

黛西上楼去洗脸——我想起自己丢人的毛巾，但为时已晚——盖茨比和我在草坪上等候。

"我的房子看起来不错，是吧？"他问，"你看它整个正面都对着阳光。"

我表示同意，确实光彩夺目。

"是啊，"他的目光扫过每一扇拱门和每一座方塔，"我只花了三年就赚够钱买下了它。"

"我以为你的钱是继承来的。"

"没错，老朋友，"他不假思索地说，"但是我在大恐慌①期间损失了一大半——战争引起的那场大恐慌。"

我想他不太知道自己在说什么，因为当我问他做的是什

---

① 大恐慌（The Panic of 1907），原文 the big panic，指的是自 1907 年 10 月中旬开始的三个星期内美国发生的金融危机，纽约证交所指数较 1906 年峰值下跌百分之五十，之后危机蔓延到全国的银行和信托业。

么生意时，他回答："这是我的事。"然后他才意识到这个回答不得体。

"哦，我做过好几种生意，"他改口说，"我做药品买卖，也做石油买卖。但现在这两样都不做了。"他更专注地看着我，"你的意思是，你考虑过我那天晚上的提议了？"

我还没来得及回答，黛西走了出来，衣服上两排黄铜纽扣在阳光下闪耀。

"是那幢大房子吗？"她指着那里大叫。

"你喜欢吗？"

"我太喜欢了，但我不明白你怎么能一个人住在那里。"

"我那里日日夜夜挤满了人，都是有趣的人和名流。"

我们没有沿着长岛海湾抄近路，而是走大路从巨大的后门进去的。黛西用迷人的低语赞美这幢古老建筑在天空映衬下各个方面的轮廓，赞美花园，赞美长寿花的绚烂芬芳、山楂的轻盈香气、盛开的李子花，还有金银花的浅浅金色气息。我们走到大理石台阶跟前，看不见鲜艳的裙子在门口进进出出，除了树上的鸟叫也听不见其他声音，感觉很奇怪。

进屋以后，我们漫步穿过玛丽·安托瓦内特^①式的音乐厅和王政复辟时期式样的客厅，我感觉每张沙发和桌子背后都藏着客人，奉命屏息不动，直到我们走过为止。盖茨比关上"默顿学院图书馆"^②的门时，我发誓我听到那个戴猫头鹰眼镜的人发出幽灵般的笑声。

我们走上楼，穿过一间间复古的卧室，里面铺着玫瑰色和薰衣草色的丝绸，摆着艳丽的鲜花，穿过衣帽间、台球房和配有下沉式浴缸的浴室——闯进一间卧室，一个邋遢的男人穿着睡衣正在地板上做俯卧撑。是克利普斯普林格先生，那位"房客"。那天早晨我看见他一副饥肠辘辘的模样在海滩上徘徊。终于我们来到盖茨比自己的套房，包括一间卧室、一间浴室和一间亚当式书房^③，我们在书房里坐下，喝了一杯他从壁柜里拿出来的荨麻酒。

---

① 玛丽·安托瓦内特（Marie Antoinette, 1755—1793），法国大革命前的最后一位女王，因为挥霍无度而遭到人民指责。1792年法国君主制被废除，第二年玛丽·安托瓦内特被控叛国罪并被处死。

② 默顿学院图书馆（Merton College Library），在牛津默顿学院内，是英国最早的图书馆之一，也是世界上最老的仍然在使用的图书馆。

③ 亚当式书房（Adam study），亚当风格是18世纪新古典主义的室内设计和建筑风格，由罗伯特·亚当和詹姆斯·亚当两兄弟提出和倡导。

他一刻不停地注视着黛西，我想他是以他所钟爱的那双眼睛做出的回应重新评价了自己家里的每件物品。偶尔他也迷惘地环顾自己的财富，仿佛当黛西惊心动魄地真正出现在面前，所有东西都不再真实。他还差点从一截楼梯上滚下去。

他的卧室是所有房间里最朴素的——只有梳妆台上摆设着一套纯金的梳妆用具。黛西快乐地拿起梳子梳了梳头发，盖茨比坐下来，用手遮住眼睛，笑了起来。

"太有趣了，老朋友，"他兴高采烈地说，"我不能——当我想要——"

他显然已经经历了两种状态，正要进入第三种。从最初的窘迫，到欣喜若狂，之后黛西的出现让他惊奇到心力交瘁。他长年满怀期待，朝思暮想，咬紧牙关等待着，可以说是感情激烈到令人难以置信的程度。现在在这种反作用下，他像发条拧得太紧的钟，筋疲力尽。

他恢复过来以后，为我们打开了两个特制的大衣柜，里面装满他的西装、礼服和领带，还有一打一打像砖头般垒起来的衬衫。

"有人专门替我在英国买衣服。每年春秋两季开始时，他就会寄来挑选好的衣物。"

他拿出一沓衬衫，一件一件扔在我们跟前，那些纯亚麻的、厚丝绸的和细法兰绒的衬衫，都被抖开了，五颜六色地散落在桌上。趁我们欣赏，他又拿出更多，柔软奢华的衬衫越堆越高——条纹的、螺纹的、格纹的、珊瑚红的、苹果绿的、薰衣草紫的、浅橘色的、印度蓝绣花字母的。突然，黛西哽咽一声，把头埋进衬衫，恸哭起来。

"多么美的衬衫哪，"她啜泣着，声音被厚厚的衬衫堆盖住了，"我好伤心，因为我从没见过这么——这么美的衬衫。"

参观过房子，我们本来要去看花园和游泳池，还有水上飞机，以及盛夏的鲜花——但是盖茨比的窗外又开始下雨，于是我们站成一排眺望着长岛海湾水面的涟漪。

"要不是有雾，我们能看到海湾对面你的家，"盖茨比说，"你的码头尽头总有一盏整夜不灭的绿灯。"

黛西突然挽住他的胳膊，但他似乎还沉浸于刚刚说的

话。或许他发现那盏绿灯的重大意义现在永远消失了。和将
他与黛西分隔的巨大距离相比，那盏灯曾经如此靠近她，几
乎触碰到她，近得如同星星伴着月亮。现在，又只是码头上
的一盏绿灯罢了。他为之痴迷的事物又少了一件。

我开始在房间里转悠，在半明半暗的光线中观看各种模
糊不清的物品。书桌上方墙上挂着的一张大照片吸引了我，
照片里是一个身穿帆船服的年长男性。

"这是谁？"

"那个？那是丹·科迪先生，老朋友。"

这个名字听着有点耳熟。

"他已经去世了。多年前他是我最好的朋友。"

柜子上面还放着一张盖茨比身穿帆船服的小照片 ——
盖茨比目空一切地仰着头 —— 显然是十八岁左右照的。

"我喜欢这张，"黛西惊呼，"蓬帕杜头 ① ！你从来没有
告诉我你梳过蓬帕杜头 —— 也没告诉我你有帆船。"

① 蓬帕杜（Pompadour），这个词来源于法国路易十五的情人蓬帕杜夫人，她梳的一
种向上蓬起的发型是当时非常流行的女性发型。之后男性经典的蓬帕杜发型是对
这种复古风格的模仿，将头发全部往后梳，露出整个面部轮廓，并且额头上方的
头发会向上形成一个蓬松的弧度。

"看这里，"盖茨比连忙说，"这里有很多剪报——都是关于你的。"

他们并肩站着看剪报。我正想要求看看那些红宝石，电话响了，盖茨比拿起听筒。

"是的……嗯，我现在不方便说话……我现在不方便说话，老朋友……我说的是一个小镇……他肯定知道什么是小镇……嗯，如果他认为底特律是小镇，那他对我们没什么用处……"

他挂了电话。

"*快来这里！*"黛西在窗边喊。

雨还在下，但是西边的乌云已经散开，海面上空翻滚着泡沫般粉色和金色的云朵。

"看哪，"她轻声说，过了片刻又说，"我想要一片粉红云朵，把你放在里面，让你围绕在我周围。"

我想要告辞，但他们不答应；也许我在场反而让他们更心安理得地相处。

"我知道我们做什么好了，"盖茨比说，"我们叫克利普斯普林格来弹琴。"

他走出房间喊"尤因!",几分钟以后带回来一个神态窘迫、略显憔悴的年轻人,那人戴着玳瑁框眼镜,有一头稀疏的金发。他现在穿得比较像样,穿着领口敞开的"运动衫"、运动鞋和说不清颜色的帆布长裤。

"我们打扰你锻炼了吗?"黛西礼貌地问。

"我在睡觉,"克利普斯普林格不好意思地脱口而出,"我是说,我本来在睡觉。然后起床了……"

"克利普斯普林格会弹琴,"盖茨比打断了他,"是吧,尤因,老朋友?"

"我弹得不好。我几乎——我几乎不怎么弹。我好久没练——"

"我们下楼去吧。"盖茨比插话。他按下开关。灰暗的窗户都不见了,整栋房子大放光明。

在音乐厅里,盖茨比打开钢琴旁边一盏孤零零的灯。他抖抖索索地用火柴为黛西点烟,和她一起远远坐在屋子那头的沙发上,那里除了从门厅映在地板上的一点反光之外,漆黑一片。

克利普斯普林格弹完《爱巢》,在琴凳上转过身来,闷闷不乐地在昏暗中寻找盖茨比。

"我太久没练了，你看。我说了我弹不了。我太久没练——"

"别说那么多，老朋友，"盖茨比命令，"弹吧！"

在早晨，

在夜晚，

我们多么尽兴——

外面风声很大，长岛海湾传来隐隐雷声。西蛋的灯全亮了；电车载满乘客在雨中从纽约疾驰回家。这是人事发生重大变化的时刻，空中洋溢着激动情绪。

有一件事情毫无疑问，

富人生财，穷人生子。

与此同时，

在此之间——

　　我去道别时，发现盖茨比又流露出困惑的神情，仿佛他对此刻的幸福产生了隐隐的怀疑。将近五年了！肯定有过一些时刻，黛西不符合他的梦想，即便在那个下午也是如此——这不是她本身的错，而是因为他的幻觉具有强大的生命力。这种幻觉超越了她，超越了一切。他以创造性的热情投身其中，不断添枝加叶，用飘来的每一根鲜艳羽毛装饰幻觉。再多的火焰和热情也比不上一个人阴郁的内心所贮藏的情感。

　　我注视着他，看得出来他稍稍调整了自己。他握着她的手，当她在他耳边低语时，他情感汹涌地转向她。我想最让他着迷的，是她荡漾的、温暖的声音，因为那是梦里无法企及的——她的声音是不死的歌谣。

　　他们已经忘了我，但是黛西抬起头，伸出手来；盖茨比则根本不认识我了。我又看了他们一眼，而他们也看着我，远远地，沉浸在激烈的命运中。于是我离开房间，从大理石台阶走进雨里，留下他们两个在一起。

第六章

差不多在这段时间里，有一天早晨，一位野心勃勃的年轻记者从纽约来到盖茨比家门口，问他是否有话要说。

"关于什么？"盖茨比礼貌地问。

"嗯——随便谈谈。"

纠缠了五分钟以后才弄清楚，这个人在办公室里听到盖茨比的名字，但是他不便透露消息来源，或者他其实也没完全搞明白。这天他休息，于是积极主动地赶紧来"看看"。

这纯粹是碰运气，然而这位记者的直觉是对的。几百个被盖茨比款待过的客人自诩对他的经历了如指掌，由于他们不断散播，整个夏天盖茨比的名声越来越大，差点成为新闻人物。诸如"通往加拿大的地下管道"之类的当代传奇也和盖茨比扯上关系，还有一个长期流传的说法是盖茨比压根不住在那栋房子里，而是住在一艘看上去像房子的船上，秘密地沿着长岛海岸来回行驶。然而为什么这些捏造能让来自北达科他州的詹姆斯·盖茨获得满足，就不太好说了。

詹姆斯·盖茨——这是他真正的，至少是法律上的名字。他十七岁那年，在见证自己事业开端的特殊时刻改名换姓——当时他看见丹·科迪的帆船在苏必利尔湖①最险恶的浅滩上抛锚。那天下午，穿着破旧的绿色运动衫和帆布裤在海滩闲逛的人还是詹姆斯·盖茨，但是借了小船划向托洛门②号，告知科迪不出半个小时就会有大风掀翻他的船的，已经是杰·盖茨比。

我猜想他很早就准备好了这个名字。他的父母是碌碌

---

① 苏必利尔湖（Lake Superior），美国五大湖之一，是世界上面积最大的淡水湖。为美国和加拿大共有。

② 原文为Tuolomee，有一种考证是，作者给帆船起这个名字的来源是加利福尼亚的泰伦恩河（Tuolumne River），淘金热时期不少探险者在这里赚到钱。

无为的农民——他在心中从未真正把他们当作自己的父母。事实是，长岛西蛋的杰·盖茨比是从他自己的柏拉图理念中诞生的。他是上帝之子——这个说法如果有任何意义的话，就是字面的意义——他必须为天父效命，献身于博大、庸俗、华而不实的美。于是他虚构了杰·盖茨比，那是十七岁男孩会想要虚构的人物，而他始终忠于这个理念。

一年多以来，他在苏必利尔湖南岸谋生，挖贝壳、捕捞鲑鱼，任何能维持生计的活都做。他黝黑结实的身体自然地在宜人的日子里应对时而辛苦时而闲散的工作。他很早便了解女人，女人们都宠他，于是他看不起她们。他看不起年轻处女，因为她们无知；他看不起其他女人，因为她们为之歇斯底里的事情，在只顾自己的他看来，都是理所当然的。

但他的心处于持续动荡的不安中。最荒诞最奇异的幻想萦绕在他夜晚的梦里。当洗手台上的钟嘀嗒作响，湿润的月光浸透了地板上乱糟糟的衣物，一个不可言喻的俗艳世界在他的脑海中浮现。每天晚上他都增添幻想的花样，直到困意不知不觉覆盖了栩栩如生的场景。有一段时间，这些幻梦为他的想象提供了出口；它们令人满意地暗示现实的不真实，表明世界的基石稳固地建立于仙女的翅膀上。

几个月前，他凭借追求光辉前程的本能来到明尼苏达州南部的圣奥拉夫路德教学院。他在那里只待了两个星期，学院对于他擂响的命运之鼓及命运本身漠然无视，他大失所望，也不屑于为了支付学费而去做看门人的工作。于是他回到苏必利尔湖，丹·科迪的帆船在湖岸浅滩抛锚那天，他依然在找活干。

科迪当时五十岁，去过内华达银矿和育空地区 ①，参与过一八七五年以来的每一波淘金热。他在蒙大拿做铜矿买卖挣了好几百万，身体强壮，但意志薄弱。无数女人察觉到这一点，想方设法获得他的财产。一个叫埃拉·凯的新闻记者看准他的弱点，扮演了曼特农夫人 ②的角色，怂恿他驾驶帆船出海，她的种种不光彩手段被一九〇二年那些耸人听闻的通俗小报争相报道。当他驶入少女海角，来到詹姆斯·盖茨

---

① 育空地区（Yukon），位于加拿大西北部。1897 年克朗代克淘金热期间，很多金矿工人来该地区淘金。

② 曼特农夫人（Madame de Maintenon），路易十四的第二任妻子，虽然两人从未按照法律程序结婚，她与路易十四的婚姻关系却获得历史学者的认可。她学识渊博，从各个方面都对国王造成非常大的影响。

命运的转折点时，他已经沿着宜人的海岸航行了五年。

年轻的盖茨靠在船桨上，抬头望着围着栏杆的甲板，对于他来说，这艘帆船代表着世界上全部的美和魅力。我猜想他对科迪笑了笑——他可能已经发现他笑起来讨人喜欢。总之，科迪问了他一些问题（其中之一引出了他的新名字），发现他聪明机灵、野心勃勃。几天以后科迪带他去了德卢斯①，给他买了一件蓝色外套、六条白色帆布裤子，以及一顶帆船帽。等到托洛门号出发前往西印度和柏柏里海岸时，盖茨比也跟着走了。

他以不太明确的私人雇员身份为科迪工作——先后当过管家、大副、船长、秘书，甚至当过看护人，因为清醒的丹·科迪知道喝醉的丹·科迪会如何挥霍无度，为了预防此类意外发生，他越来越信任盖茨比。这种情况持续了五年，这期间帆船绕美洲大陆环游了三圈。它原本或许会永远继续下去，然而有一天晚上埃拉·凯在波士顿上了船，一个星期以后，丹·科迪凄凉地离世了。

——————————

① 德卢斯（Duluth），苏必利尔湖重要的港口之一。

我记得盖茨比的卧室里挂着科迪的肖像，头发灰白，面色红润，有一张坚毅无情的脸——他是放浪形骸的拓荒者，在美国生活的某个时期，他把边境妓院和酒吧的野蛮暴力带回东海岸。间接地归功于科迪，盖茨比很少喝酒。有时候在狂欢派对上，女人们把香槟酒进他的头发；而他自己已经养成滴酒不沾的习惯。

他从科迪那里继承了一笔钱——两万五千美元的遗赠。他没有拿到钱。他始终没有搞明白别人用来对付他的法律手段，但是百万财产剩下的全部归埃拉·凯所有。留给他的是一份极其恰当的教育：杰·盖茨比模糊的轮廓被充实成了实实在在的人。

这些都是他很久以后才告诉我的，但是我写在这里，是为了驳斥早先有关他身世的荒谬谣言，那些全都毫无依据。再有，他告诉我的时候，我正处于困惑中，对于有关他的种种传闻都将信将疑。于是我趁这个短暂的停顿澄清这些误解，让盖茨比喘口气。

我和他的交往也停顿了一段时间。我有好几个星期没和他见面，也没和他通话——大部分时间我在纽约，和乔丹四处转悠，设法讨好她年迈的阿姨——但是我终于在一个星期天下午去了他家。我待了还没到两分钟，就有人把汤姆·布坎南带进来喝酒。我自然吓了一跳，但是真正令人惊讶的是，汤姆以前从没来过。

他们一行三人是骑马来的——汤姆和一个姓斯隆的男人，还有一个身穿棕色骑装的漂亮女人，她以前来过。

"很高兴见到你们，"盖茨比站在门廊上说，"欢迎光临。"

好像他们在乎似的！

"快请坐吧。抽烟还是雪茄？"他快步在房间里走来走去，摇着铃铛喊人，"我马上找人给你们送点喝的来。"

汤姆的到访使他大受震动。但是在他招待好他们之前，反正都不得安宁，他隐约意识到他们来就是为了接受招待。斯隆先生什么都不要。柠檬汽水？不用，谢谢。来点香槟？什么都不用，谢谢……真抱歉——

"你们骑马愉快吗？"

"这边的路很好。"

"我估计汽车——"

"是啊。"

盖茨比在一股抑制不住的冲动下转向汤姆，刚才介绍时汤姆把他当作陌生人。

"我相信我们以前在哪里见过，布坎南先生。"

"哦，是啊，"汤姆生硬而客气地说，显然没想起来，"我们是见过。我记得很清楚。"

"大概两星期前。"

"没错。你和尼克在一起。"

"我认识你太太。"盖茨比几近挑衅地继续说。

"这样啊？"

汤姆转向我。

"你住在附近吗，尼克？"

"就在隔壁。"

"这样啊？"

斯隆先生没有加入对话，只是傲慢地往后靠在椅子里；那个女人也没说什么——直到喝了两杯威士忌苏打之后，她出人意料地热情起来。

"我们都来参加你下次的派对，盖茨比先生，"她提出，"你说怎么样？"

"当然，欢迎光临。"

"很好啊，"斯隆先生毫无谢意地说，"好了——我们该回去了。"

"请别急着走，"盖茨比挽留他们。他现在控制住了自己，想要多了解汤姆。"你们不如——你们不如留下来吃晚饭？说不定还有其他人会从纽约过来。"

"你们来我家吃晚饭吧，"那位女士热情地说，"你俩都来。"

也包括我。这时斯隆先生站起身来。

"走吧。"他说——但只是对她说的。

"我是当真的，"她坚持，"我真希望你们来。都坐得下。"

盖茨比用询问的目光看着我。他想去，他没看出来斯隆先生打定了主意不欢迎他。

"我恐怕去不了。"我说。

"好吧，那你来吧。"她怂恿着，把注意力集中在盖茨比身上。

斯隆先生在她耳边低语了几句。

"我们现在出发就来得及。"她大声坚持。

"我没有马，"盖茨比说，"我在军队里骑过马，但是我自己从来没有买过马。我得开车跟着你们。请等我一下。"

我们其余几人来到门廊，斯隆和那位女士在一旁激烈地交谈。

"天哪，那家伙真的要去，"汤姆说，"他难道不知道她不希望他去吗？"

"她说她希望他去。"

"她是举办大型晚宴，他去了谁都不认识，"他皱眉，"我就奇怪他到底是在哪里认识黛西的。老天，我的思想也许太老派了，但这年头女人们到处乱跑，我看不惯。她们会遇见各种各样的疯子。"

斯隆先生和那位女士突然走下台阶，骑上了马。

"来吧，"斯隆先生对汤姆说，"我们要迟到了，得走了。"然后他对我说："请转告他我们不等他了，可以吗？"

汤姆和我握了握手，我们其余几个人彼此冷冷地点了点头，他们骑马沿着车道飞快地消失在八月的枝叶间，而盖茨比拿着帽子和薄外套，刚刚走出前门。

汤姆显然因为黛西独自乱跑而心绪不宁，因为接下来那个星期六的晚上，他和黛西一起来到盖茨比的派对。或许由于他的出席，那晚的气氛变得特别压抑——我对那晚的记忆比对那年夏天盖茨比家的其他派对的记忆更鲜明。还是同样的人，或者至少是同一类人，同样源源不断的香槟，同样多彩缤纷的喧闹，但我能感觉到不愉快的气氛，四周弥漫着以前从未有过的不和谐气息。又也许我只是习惯了，习惯把西蛋当作自成一体的世界，有自己的标准和伟大人物，不亚于任何地方，因为它对此毫不在意，而此刻我以黛西的目光重新审视这里。以新的目光来审视你已经费力顺应的事物，不免让人感到悲伤。

他们在黄昏时分到达，我们在数百名珠光宝气的客人间穿梭时，黛西又在喉咙里玩起那套喃喃低语的花样。

"这些东西让我太兴奋了。"她轻声说。

"今晚任何时候如果你想吻我，尼克，只要告诉我，我很乐意为你安排。只要提我名字。或者出示一张绿卡。我在派发绿——"

"四处看看吧。"盖茨比建议。

"我在看呢。我非常——"

"你们一定看见很多有所耳闻的人。"

汤姆傲慢地扫视人群。

"我们不常出门,"他说,"实际上,我刚刚还在想这里的人我一个都不认识。"

"你或许知道那位女士。"盖茨比指着白梅树下端坐着的一位美若兰花的女人。汤姆和黛西注视着她,认出那是只在银幕上见过的明星,感觉非常不真实。

"她真美呀。"黛西说。

"弯腰和她说话的是她的导演。"

盖茨比郑重地将他们介绍给一群又一群客人。

"布坎南太太……和布坎南先生——"他犹豫片刻补充说,"布坎南先生是马球健将。"

"哦,不是,"汤姆连忙否认,"我不是。"

但是盖茨比显然很喜欢这个称呼,因为汤姆在接下来的夜晚一直被当作"马球健将"。

"我从没见过那么多名人!"黛西惊呼,"我喜欢那个男人——他叫什么？——鼻子发青的那个。"

盖茨比说出他的名字，又说他是一个小制片人。

"嗯，反正我喜欢他。"

"我宁愿不做马球健将，"汤姆愉快地说，"我只想默默无闻地看看这些名人。"

黛西和盖茨比跳了舞。我记得他优雅老派的狐步舞令我惊讶——我以前从没见过他跳舞。然后他们散步到我家，在台阶上坐了半个小时，而我应她的要求，待在花园里望风。"以防失火或者发洪水，"她解释，"或是其他什么天灾。"

我们坐下来一起吃晚饭时，汤姆从默默无闻中脱身而出。"你们介意我去和那边的人一起吃饭吗？"他说，"有人在说有趣的事情。"

"去吧，"黛西愉快地说，"如果你想记下谁的地址，把我的小金笔拿去。"……她四处张望了一会儿，告诉我说那个女孩"平凡但是漂亮"，我知道除了和盖茨比独处的那半个小时，她并不开心。

我们这桌喝得特别醉。都是我的错——盖茨比被叫去接电话了，我两周前和同样这群人玩得很开心。但当时让我开怀的东西此刻却在腐坏。

"你感觉如何，贝德克尔小姐？"

这个女孩正要倒在我肩上，却没有成功，听到我问她，便坐直起来睁开眼睛。

"什么？"

一个身材魁梧、没精打采的女人刚刚一直在怂恿黛西明天和她一起去本地俱乐部打高尔夫，转而为贝德克尔小姐辩白。

"哦，她现在没事了。她喝了五六杯鸡尾酒之后总是这样大喊大叫。我跟她说了，别喝酒。"

"我没喝酒。"被指责的人无力地坚称。

"我们听到你喊叫，所以我跟这位西韦医生说：'这里有人需要你的帮助，医生。'"

"我相信她一定非常感激，"另外一个朋友毫无谢意地说，"但是你把她的头摁进水池里，她的衣服全湿了。"

"我最恨头被摁进水池里，"贝德克尔小姐嘀咕，"在新泽西那次我差点被淹死。"

"那你就不该喝酒。"西韦医生反驳。

"说说你自己吧!"贝德克尔小姐激动地嚷嚷,"你的手直发抖。我才不会让你给我开刀。"

就是这样。我记得的最后一件事是和黛西站在一起,看着电影导演和他的明星。他们仍然在那棵白梅树下,脸挨在一起,中间只隔着一缕稀薄的月光。我意识到他整个晚上都在极其缓慢地向她俯身,终于和她贴得那么近,就在我注视的时候,我看到他俯下最后一点距离,亲吻了她的脸颊。

"我喜欢她,"黛西说,"我觉得她真可爱。"

但是其他的一切令她反感——而且不容争辩,因为这不是一种姿态,而是一种情感。她被西蛋吓到了,这个前所未有的"地方"是百老汇在长岛渔村的衍生——她震惊于传统委婉的表面下躁动着的原始活力,震惊于强加于人的命运,它驱使这里的居民沿着捷径从虚无走向虚无。她在自己无法理解的单纯中看到了可怕的东西。

我陪他们坐在前门台阶上等车。面前一片漆黑;只有明亮的大门将里面十平方英尺的光芒投向温柔黑暗的黎明。偶尔楼上衣帽间的窗后掠过一个人影,和另外一个人影擦身而

过，络绎不绝的人影对着看不见的镜子涂脂抹粉。

"这个盖茨比到底是谁？"汤姆突然问，"是不是大私酒贩？"

"你从哪里听来的？"我问。

"不是听来的。是我猜的。你知道，很多新近的暴发户都不过是大私酒贩。"

"盖茨比不是。"我简短地说。

他沉默片刻。车道上的石子在他脚下嘎吱响。

"我说，他把各色人等凑齐肯定费了一番功夫。"

一阵轻风吹动了黛西毛茸茸的灰色毛皮领子。

"至少他们比我们认识的人有趣。"她勉强说。

"你看上去并不感兴趣。"

"我感兴趣。"

汤姆哈哈笑着转向我。

"那个女孩叫黛西扶她去冲冷水澡的时候，你注意到黛西的脸色吗？"

黛西跟着音乐低声唱歌，沙哑而有节奏，把每个词都唱出了一种从未有过、以后也不会再有的意味。音调升高时，她女低音的嗓音也跟着美妙上扬，每次转调都在空中散发些许温暖的人性魅力。

"很多人不请自来，"她突然说，"那个女孩没有被邀请。他们直接闯上门来，他又不好意思拒绝。"

"我想知道他是谁，他是做什么的，"汤姆坚持说，"我会打听清楚的。"

"我现在就可以告诉你，"她回答，"他开药店，开了很多家。都是他自己创办的。"

姗姗来迟的豪车沿着车道开了过来。

"晚安，尼克。"黛西说。

她的目光离开我，看向被照亮的顶层台阶，敞开的门里传出当年流行的那首小华尔兹舞曲《凌晨三点》，伤感动听。毕竟，盖茨比派对的随意气氛中所具有的浪漫可能性，是她的世界所彻底缺失的。那首歌里似乎有什么样的东西在召唤她回去。在这昏暗的不可预料的时刻会发生什么？或许会出现一位不可思议的客人，一位绝代佳人，一位真正魅力四射的年轻女孩，只要她看盖茨比一眼，刹那间的魔力碰撞，就会抹除五年来不曾动摇的深情。

那天晚上我待到很晚，盖茨比要我待到他能脱身，我在花园里徘徊，直到常来游泳的客人又冷又兴奋地从黑暗的海滩上岸，直到楼上客房的灯都灭了。他终于走下台阶，脸上黝黑的皮肤特别紧绷，眼睛明亮而疲惫。

"她不喜欢这里。"他立刻说。

"她当然喜欢。"

"她不喜欢，"他坚持，"她不开心。"

他沉默了，我猜想他满腔沮丧说不出口。

"我感觉离她很远，"他说，"很难让她理解。"

"你是说舞会？"

"舞会？"他打了个响指把自己办过的所有舞会一笔勾销，"老朋友，舞会不重要。"

他想要的不过是让黛西跑去和汤姆说："我从没爱过你。"等她用这句话抹去四年时光之后，他们就可以决定采取哪些更可行的步骤。其中之一是，等她恢复自由以后，他们要回到路易斯维尔，他从她家里把她娶走——仿佛是五年前一样。

"她不理解，"他说，"以前她可以理解。我们以前坐上几个小时——"

他停住不说，在荒凉的小道上走来走去，那里遍地是果皮、丢弃的礼物和踩烂的花朵。

"换作是我，就不会要求她太多，"我大胆说，"旧梦无法重温。"

"旧梦无法重温？"他难以置信地嚷嚷，"当然可以！"

他疯狂地四处张望，仿佛旧梦正隐藏在他房子的阴影里，伸手可及。

"我要把一切都还原成以前那样，"他坚定地点点头说，"她会看到的。"

他滔滔不绝地谈起往事，我想他是要找回些什么，或许是自我的理念，某种让他爱上黛西的东西。他的人生自那时起陷入混乱和无序，但是假如他能回到某个起点，慢慢地重新走一遍，他会发现要找回的到底是什么……

……五年前一个秋天的夜晚，他们走在树叶飘零的街上，来到一个没有树木的地方，人行道在月光下一片洁白。他们停下脚步，转身面对面站着。那是一个凉爽的夜晚，一年两度的换季时刻，夜色中弥漫着神秘兴奋的气息。屋里静

悄悄的灯光嗡嗡漫入黑暗，星星悸动喧哗。盖茨比用眼角余光看见一段段的人行道仿佛组成一把梯子，通向树梢上空的秘密之地——如果他独自攀爬，就能爬上去，一到那里，他便能吮吸生命的乳头，大口吞下无与伦比的奇妙乳汁。

黛西洁白的脸庞贴近他面前时，他的心跳越来越快。他知道一旦亲吻了这个女孩，将他不可言喻的憧憬与她稍纵即逝的呼吸永远交融，他的心灵将再也无法像上帝那样自由自在。于是他等待着，再倾听片刻在星星上敲响的音叉。然后他吻了她。他的嘴唇一碰到她，她便像花朵一样为他绽放，他的理想化为现实。

他讲述的一切，以及他惊人的感伤，让我想起了什么——我很久以前在哪里听过，一段稍纵即逝的节奏，几句支离破碎的语言。刹那间我几乎要说出一句话，我的嘴唇像哑巴一样张开，似乎除了一丝受惊的空气外，还有别的什么在那里挣扎。但是嘴唇没有发出声音，我几乎就要想起来的东西永远无法传达。

第七章

正当人们对盖茨比的好奇达到顶点，有一个星期六的晚上，他家里没有亮灯——他作为特里马乔[①]的生涯当初莫名其妙地开始，如今莫名其妙地结束了。我渐渐才注意到，那些汽车满怀期待开上他家的车道，停留片刻便愠怒地离去。我担心他是否病了，于是过去看看——一位凶神恶煞的陌

[①] 特里马乔（Trimalchio），公元 1 世纪罗马作家佩特洛尼乌斯的小说《萨蒂利卡》中的人物，他是一个傲慢自大的前奴隶，以被大部分人厌恶的手段变得非常富有。

生管家站在门口怀疑地斜眼打量着我。

"盖茨比先生病了吗?"

"没有。"他停顿了一下,才拖拖拉拉、不情不愿地加了一声"先生"。

"我最近没看见他,相当担心。请转告他,卡拉韦先生来过。"

"谁?"他粗鲁地问。

"卡拉韦。"

"卡拉韦,好的。我会转告他。"他猛地关上了门。

我家的芬兰用人告诉我,盖茨比一个星期前辞退了家里全部用人,另外雇了五六个人,那些人从来不去西蛋村接受生意人的贿赂,而是打电话订购适量日用品。据杂货店的伙计报告说,厨房看起来像猪圈,村里人普遍认为那些新来的人根本不是用人。

第二天盖茨比打来电话。

"你要出门吗?"我问。

"没有,老朋友。"

"我听说你辞退了所有用人。"

"我需要一些不会说闲话的人。黛西经常过来——下午的时候。"

原来如此，由于黛西看不惯，整座大酒店像纸牌屋一样坍塌了。

"他们是沃尔夫山姆想帮助的人，都是兄弟姐妹，以前经营一家小旅馆。"

"我明白了。"

是黛西要他打电话来——问我是否愿意明天去她家吃午饭，贝克小姐也会在。半小时以后黛西又亲自打来电话，知道我会去她似乎松了口气。要出事了。然而我还是无法相信他们要选择这样的场合摊牌——特别是盖茨比曾在花园里描述过这种折磨人的场面。

第二天天气酷热，夏日将尽，但那肯定是整个夏日最热的一天。我乘坐的火车从隧道出来，驶入阳光，只有国家饼干公司①火热的汽笛声打破了中午燥热的寂静。车厢的草席座椅快要烧起来了；邻座的女人先是矜持地任汗水渗透她的

---

① 国家饼干公司（National Biscuit Company），后改名为纳贝斯克公司，美国著名饼干品牌，总部在新泽西。

白衬衫，接着手里的报纸也被汗湿了，她凄凉地叹了一声，无可奈何地瘫坐在高温中。她的钱包啪地掉到了地上。

"哎呀！"她惊呼。

我疲惫地弯腰捡起交还给她，伸直胳膊，捏住钱包一角，表明我别无企图——但是周围的每个人，包括那个女人，还是怀疑我。

"热啊！"检票员对熟悉的乘客说，"这天气！热啊！热啊！热啊！你们觉得热吗？很热吧？是不是啊……"

我拿回我的通勤票，上面沾着他的黑手印。这么热的天，管他吻的是谁的红唇，管他是谁的脑袋弄湿了自己睡衣胸前的口袋！

……盖茨比和我在布坎南家门口等待的时候，一阵微风吹过门廊，传来电话铃声。

"主人的尸体！"管家对着话筒吼叫，"很抱歉，夫人，我们交不出来——中午实在太热了，没法碰！"

实际上他说的是："好的……好的……我看看。"

他放下话筒，汗津津地朝我们走来，接过我们的硬质草帽。

"夫人在会客室等你们!"他嚷嚷着,多此一举地指示方向。在这炎热的天气里,任何多余的动作都是对生命资源的浪费。

房间被遮阳棚遮着,阴暗凉爽。黛西和乔丹躺在巨大的沙发上,像两尊银像压住自己的白色衣裙,不让风扇呼呼的微风吹动。

"我们动不了。"她们一起说。

乔丹晒得黝黑的手指上扑了一层白粉,在我的手里放了一会儿。

"运动健将托马斯·布坎南[①]先生呢?"我问。

就在这时我听到他粗鲁、低沉、沙哑的声音,在门廊里讲电话。

盖茨比站在深红色的地毯中央,着迷地环顾四周。黛西看着他,发出甜美动人的笑声;从她的胸口扬起一缕香粉。

"据说,"乔丹轻声说,"电话那头是汤姆的情人。"

我们静悄悄的。门廊里的声音恼怒地高起来:"很好,

---

① 托马斯·布坎南即汤姆·布坎南,汤姆系托马斯的昵称。

那我干脆不卖给你车了……我又不欠你人情……至于你在午餐时间打扰我,我可受不了。"

"他挂了话筒在说话呢。"黛西讥讽地说。

"他没有,"我向她保证,"真有这桩买卖。我刚好知道。"

汤姆推开门,粗壮的身体顿时挡住了门框,然后他快步走进房间。

"盖茨比先生!"他伸出宽厚平坦的手,藏起了内心的不悦,"我很高兴见到你,先生……尼克……"

"给我们弄点冷饮吧。"黛西嚷嚷。

他又离开房间以后,黛西起身走向盖茨比,扳下他的脸,亲吻了他的嘴唇。

"你知道我爱你。"她喃喃说。

"你忘了这里还有一位淑女在呢。"乔丹说。

黛西疑惑地回头看。

"你也吻尼克吧。"

"你这个低俗下流的女孩!"

"我不在乎!"黛西嚷嚷着,在砖砌的壁炉前跳起舞来。然后她想起天气炎热,不好意思地坐回沙发,这时一位衣着整洁的保姆领着一个小女孩走进房间。

"乖乖宝贝，"她柔情地说，张开双臂，"妈妈爱你，到妈妈怀里来。"

保姆一松手，小孩就穿过房间，害羞地一头扎进妈妈的衣裙里。

"乖乖宝贝！妈妈有没有把粉弄到你黄黄的头发上？站起来，说声——你好吗？"

盖茨比和我轮流俯身，握了握那只不情不愿的小手。后来他一直惊讶地看着孩子。我想他之前从没真正相信过这个孩子的存在。

"我午饭前就打扮好了。"孩子说着，迫不及待地转头看黛西。

"那是因为妈妈想要显摆你，"黛西低下头，把脸埋在孩子纤细洁白的脖子上的唯一一道皱纹里，"小宝贝，你可真是一个小宝贝。"

"是啊，"孩子平静地答应，"乔丹阿姨也穿着白裙子。"

"你喜欢妈妈的朋友吗？"黛西把她转过来，让她面对着盖茨比，"你觉得他们漂亮吗？"

Le Printemps

"爸爸在哪里？"

"她长得不像她爸爸，"黛西解释，"她长得像我。她的头发和脸型都和我一样。"

黛西坐回沙发。保姆上前一步，伸出她的手。

"来吧，帕米。"

"再见，宝贝！"

听话的孩子不情愿地往后看了一眼，握住保姆的手，被牵了出去，汤姆正好回来，端着四杯盛满冰块的杜松子利克酒。

盖茨比拿起一杯。

"看着很清凉。"他说，显然有些紧张。

我们贪婪地大口喝酒。

"我在哪里读到说太阳一年比一年热，"汤姆愉快地说，"看来地球很快就要坠入太阳——等等——我说反了——太阳一年比一年冷。"

"出来吧，"他对盖茨比提议，"我想带你看看我这个地方。"

我跟着他们来到阳台。绿色的长岛海湾在酷热里死气沉沉，一艘小帆船正缓缓驶向更新鲜的海域。盖茨比的目光跟随了片刻；他举起手来指着海湾对面。

"我家就在你对面。"

"这样啊。"

我们的视线越过玫瑰花丛、炙热的草坪、沿岸三伏天里滋生的垃圾。小船的白帆慢慢沿着蔚蓝清凉的天际线移动。前面是扇形的海洋和无数美丽的小岛。

"多好的运动啊，"汤姆点着头说，"我真想和他在那里玩上一小时。"

餐厅也同样阴凉，我们在那里吃午饭，就着冰啤酒饮下紧张的欢乐。

"我们今天下午做什么好呢？"黛西嚷嚷，"明天呢，还有之后的三十年呢？"

"别闹了，"乔丹说，"等秋天凉快起来，生活又会重新开始。"

"但是太热了，"黛西固执地说，快要哭了，"一切都乱糟糟的。我们都进城去吧。"

她的声音在热浪中挣扎、冲撞，将无知无觉的热气塑造出形态。

"我听说过把马厩改造成车库的，"汤姆对盖茨比说，"但我是第一个把车库改造成马厩的人。"

"谁想进城去？"黛西坚持问，盖茨比的视线飘向她。"啊，"她大声说，"你看起来真冷漠。"

他们的视线交汇，互相凝视，旁若无人。然后她好不容易才低头看着桌子。

"你看起来总是那么冷漠。"她又说了一遍。

她这是在告诉他她爱他，汤姆·布坎南也看出来了。他大为震惊。他微微张开嘴，看看盖茨比，又看看黛西，仿佛刚刚认出她是他很久以前认识的某个人。

"你就像广告里那种人，"她继续天真地说，"你知道广告里那种人——"

"好了，"汤姆连忙打断，"我非常乐意进城去。走吧——我们一起进城。"

他站起身来，目光却依然在盖茨比和他的妻子之间闪烁。没人挪动。

"走啊！"他有点恼火，"到底怎么回事？要进城的话，那就走啊。"

他努力控制住自己，颤抖着手把杯中剩下的啤酒送到嘴边。黛西的声音促使我们起身，来到外面炽热的石子车道。

"我们这就走吗？"她反对，"就这样走？不让别人先抽根烟吗？"

"午饭的时候大家一直在抽烟。"

"唉，开心点嘛，"她恳求他，"天那么热，别吵架嘛。"他没有回答。

"那就听你的吧，"她说，"来吧，乔丹。"

她们上楼去准备，我们三个男人站在那里踢着脚下滚烫的石子。一弯银色的月亮已经悬挂在西面的天空。盖茨比刚要开口说话，又改变了主意，但汤姆已经转过身来期待地看着他。

"你的马厩就在这里吗？"盖茨比勉强问。

"沿着那条路走大概四分之一英里的地方。"

"哦。"

沉默。

"我不明白干吗要进城，"汤姆粗暴地脱口而出，"女人总是异想天开——"

"我们要不要带点喝的?"黛西从楼上窗户里喊。

"我去拿点威士忌。"汤姆回答。他走进屋里。

盖茨比僵硬地转向我。

"我在他家里什么话都说不了,老朋友。"

"她说话无遮无拦,"我说,"充满了——"我犹豫了一下。

"她的声音充满了金钱的意味。"他突然说。

是这样的。我以前没明白。她的声音充满了金钱的意味——那是她抑扬顿挫的声音里永不衰竭的魅力,叮当作响,击钹而歌……她是白色宫殿里高高在上的国王的女儿,黄金女孩……

汤姆用毛巾包着一只夸脱瓶从屋里出来,黛西和乔丹紧随其后,她们戴着金属质感的小帽子,胳膊上搭着薄披肩。

"大家都坐我的车去吧?"盖茨比提议。他摸了摸滚烫的绿皮坐垫:"我应该把车停在树荫里。"

"这车是标准排挡吗?"汤姆问。

"是的。"

"嗯，那你开我的双门跑车，我开你的车进城。"

盖茨比并不喜欢这个提议。

"恐怕汽油不够了。"他反对。

"汽油有的是。"汤姆粗鲁地说。他看了看仪表盘。"如果用完了我就去药店买。这年头药店里什么都买得到。"

听完这句显然毫无意义的话，没人作声。黛西皱眉看着汤姆，盖茨比的脸上流露出一种难以描述的表情，完全陌生又似曾相识，仿佛我以前只听别人用言语描述过。

"走吧，黛西，"汤姆说着把她推向盖茨比的车，"我开这辆马戏团大篷车载你。"

他打开车门，但是她从他的臂弯里挣脱出来。

"你载尼克和乔丹，我们开双门跑车跟着你们。"

她紧挨着盖茨比走，用手摸着他的外套。乔丹、汤姆和我坐进盖茨比那辆车的前座，汤姆试探着推了推不熟悉的排挡，我们冲进难以忍受的酷热，把他们甩在身后。

"你们看到了吗？"汤姆问。

"看到什么？"

他敏锐地看着我，意识到我和乔丹肯定早就知道。

"你们以为我很傻是吧?"他说,"我也许是傻,但是有时候我有一种——可以说是一种先见之明,让我知道该怎么做。你们或许不相信,但是科学——"

他没再往下说。当务之急将他从理论深渊的边缘拉了回来。

"我稍稍调查了一下那个家伙,"他继续说,"我还可以调查得更深,要是我知道——"

"你是说你去找了灵媒?"乔丹幽默地问。

"什么,"他困惑地盯着我们,我们都哈哈大笑,"灵媒?"

"问盖茨比的事。"

"问盖茨比的事!没有,我没有。我是说我稍稍调查了他的背景。"

"然后你发现他是牛津毕业生。"乔丹帮忙说。

"牛津毕业生!"他不相信,"去他妈的!他穿粉红西装。"

"但他还是牛津毕业生。"

"新墨西哥的牛津镇吧,"汤姆嗤之以鼻地说,"或者诸如此类的地方。"

"听着,汤姆。如果你这么看不起人,干吗还要邀请他来午餐？"乔丹生气地问。

"是黛西请的，我们结婚之前她就认识他了——天知道是在哪里！"

啤酒的酒劲过了，我们都开始烦躁，意识到这一点以后，我们安静地开了一会儿车。然后，当 T. J. 埃克勒伯格医生褪色的眼睛出现在道路前方，我想起盖茨比提醒过汽油不多了。

"足够开到城里了。"汤姆说。

"但是这里就有一间修车铺，"乔丹反对，"我可不想在这种大热天抛锚。"汤姆不耐烦地猛推两根刹车杆，车子扬起灰尘，突然在威尔逊的招牌底下停了下来。过了一会儿，老板从铺子里走出来，眼圈发黑地盯着车看。

"给我们加点汽油！"汤姆粗声嚷嚷，"你以为我们停下来干吗——看风景吗？"

"我病了，"威尔逊一动不动地说，"病了一整天。"

"怎么回事？"

"我全身都散架了。"

"那么要我自己动手吗？"汤姆问，"你在电话里听起来很好啊。"

威尔逊费劲地从门口阴凉处走出来，喘着粗气拧开油罐的盖子。阳光底下他的脸色发青。

"我不是有意打扰你吃午饭，"他说，"但我急需用钱，我想知道你打算怎么处理你那辆旧车。"

"你觉得这辆车怎么样？"汤姆问，"我上周刚买的。"

"好漂亮的黄车。"威尔逊说着，一边费力握住加油把手。

"你想买吗？"

"这可真是大好机会，"威尔逊淡淡一笑，"我不买，但我可以靠另外那辆赚点钱。"

"你突然要钱干吗？"

"我在这里待了太久。我想离开。我太太和我想去西部。"

"你太太想去啊。"汤姆惊呼。

"她已经说了十年了，"他用手挡住眼睛遮阳，靠在油泵上休息了片刻，"现在不管她愿不愿意，她都得去，我要带她离开。"

双门跑车扬着灰尘从我们身边疾驶而过，车上的人朝我们挥手。

"该付你多少钱？"汤姆厉声问。

"前两天我刚发现事情不对劲，"威尔逊说，"所以我想要离开。因此才为那辆车打扰你。"

"该付你多少钱？"

"一元两角。"

无情的滚滚热浪把我搞糊涂了，我不安了片刻，才意识到他还没有怀疑到汤姆身上。他发现默特尔在另外一个世界里过着与他无关的生活，这个打击让他的身体出了问题。我看看他，又看看汤姆，不到一个小时之前汤姆也有同样的发现——我想人和人之间在智商或者种族上的差异，远不如病人和健康的人之间差异那么大。威尔逊病得太厉害，看起来像是犯了罪，不可饶恕的罪——仿佛他刚把一个可怜女孩的肚子搞大了。

"我会把车卖给你，"汤姆说，"我明天下午就送过来。"

那一带即便在下午耀眼的阳光下依然令人隐隐不安，我感到背后有什么东西似的，转过头去。T. J. 埃克勒伯格医生巨大的眼睛在灰堆上方守望着，但我很快察觉到，还有另外一双眼睛在不到二十英尺远的地方聚精会神地注视着我们。

　　修车铺上面的一扇窗户后面，窗帘被稍稍拉开一点，默特尔·威尔逊往下窥视着汽车。她如此专注，丝毫没有意识到有人正在观察她，她的脸上浮现出一种接一种表情，如同物体出现在慢慢显影的照片上。她的表情熟悉得有些奇怪——我经常在女人脸上看到这个表情，但是在默特尔·威尔逊的脸上，这个表情看起来毫无意义和令人费解，直到我意识到，她怀着嫉妒和惊恐，眼睛瞪得大大的，并没有盯着汤姆，而是盯着乔丹·贝克，她把乔丹当作了汤姆的妻子。

　　头脑简单的人慌乱起来非同小可，我们开车离开以后，汤姆感到阵阵恐慌，像被炙热的鞭子抽打。他的妻子和他的情人直到一个小时之前还是安安稳稳和不可侵犯的，现在却突然脱离了他的掌控。他本能地踩住油门，想要追上黛西，并把威尔逊甩在身后，我们以每小时五十英里的速度朝着阿斯托里亚①疾驰，直到在蛛网般高架铁道的支柱之间看到那辆悠然自得的蓝色双门跑车。

"五十号街附近的大电影院都很凉快，"乔丹提议，"我喜欢夏日午后的纽约，空空荡荡的。有种感官愉悦——熟透的滋味，仿佛各种奇异的水果纷纷落在你手里。"

"感官愉悦"这个词让汤姆更加不安，但他还没有来得及反驳，双门跑车停了下来，黛西示意我们靠边停车。

"我们去哪里？"她喊道。

"去看电影怎么样？"

"太热了，"她抱怨，"你们去吧。我们去兜兜风，待会儿再见。"她勉强说出一句俏皮话，"我们在街角碰头。你们要是见到一个叼着两根烟的人，那就是我。"

"我们不能待在这里争论，"汤姆不耐烦地说，有辆卡车在我们后面恶狠狠地按喇叭，"你们跟着我，去中央公园南边，广场酒店前面。"

他好几次回头看他们的车，碰到交通阻塞，他就放慢车

————————

① 阿斯托里亚（Astoria），位于纽约皇后区的商业街区。

速，直到他们再次出现在视线中。我想他是害怕他们会拐进一条小巷，从他的生活中永远消失。

但他们没有。我们接下来的举动更令人费解，我们租下了广场酒店一间套房的客厅。

我已经记不清我们进入房间之前的那场冗长而混乱的争吵，但是我清晰地记得在这个过程中，我的内裤像湿漉漉的蛇一样爬在我的腿上，冰凉的汗珠不停顺着我的背往下淌。最初黛西提议我们租五间浴室洗冷水澡，然后改为更实际的方案，"找个地方喝杯冰薄荷酒"。我们每个人都反复说这是一个"疯狂的主意"——大家七嘴八舌对着不知所措的办事员讲话，还自认为，或者假装以为我们这样非常有趣……

房间又大又闷热，尽管已经四点了，打开窗户却只有从公园的灌木丛吹来的一丝热风。黛西走到镜子跟前，背对着我们，整理她的头发。

"这间套房真高级。"乔丹恭敬地低声说。大家都笑了。

"再打开一扇窗。"黛西头也不回地命令。

"没有窗了。"

"哦，那我们打电话要把斧头——"

"别再喊热了，"汤姆不耐烦地说，"抱怨个不停只会再热上十倍。"

他打开毛巾，把威士忌取出来放在桌上。

"别说她了，老朋友，"盖茨比说，"是你要进城的。"

安静了片刻。电话簿从钉子上滑落，啪地掉在地上，乔丹小声说："抱歉。"——但是这次没有人笑。

"我来捡。"我提出。

"我来吧。"盖茨比查看了断开的绳子，颇有意味地嘀咕了一声"哼"，然后把电话簿扔在椅子上。

"这是你得意的口头禅吧？"汤姆尖锐地说。

"什么？"

"满口'老朋友'，你从哪里学来的？"

"你听着，汤姆，"黛西从镜子前转过身来，"如果你要进行人身攻击，我不会再在这里多待一刻。打电话要点冰块做薄荷酒。"

汤姆拿起话筒，压抑的酷热爆发出声响，我们听见楼下舞厅里传来《门德尔松婚礼进行曲》惊心动魄的和弦。

"竟然有人在这么热的天结婚!"乔丹痛苦地嚷嚷。

"那又怎样——我就是六月中旬结婚的,"黛西回忆,"六月的路易斯维尔!有人昏倒了。是谁昏倒了,汤姆?"

"比洛克西。"他简短回答。

"一个叫比洛克西的人,'方块'比洛克西,他是做盒子的^①——这是真的——他来自田纳西比洛克西市。"

"他们把他抬到我家,"乔丹补充,"因为我们住的地方和教堂只隔了两户人家。他在我家住了三个星期,直到我爸叫他走。他离开的第二天,我爸就去世了。"过了一会儿,她又怕自己显得不得体似的补充说:"这两件事没什么关系。"

"我以前认识一个孟菲斯人叫比尔·比洛克西。"我说。

"那是他的表亲。他走之前我了解了他的整个家族历史。他送给我一根铝制高尔夫轻击杆,我用到现在。"

婚礼开始以后音乐声轻了下来,窗外传来持续的欢呼声,伴随断断续续"好啊——好啊——"的叫喊,最后响

---

① 比洛克西(Biloxi),方块(block)和盒子(box)都与这个人名谐音。

起爵士乐，舞会开始了。

"我们老了，"黛西说，"如果还年轻，我们会起身跳舞。"

"说回比洛克西，"乔丹提醒她，"你在哪里认识他的，汤姆？"

"比洛克西？"他努力回想，"我不认识他，他是黛西的朋友。"

"才不是，"她否认，"我以前从没见过他。他是坐你包的火车来的。"

"是吗？他说他认识你。他说他是在路易斯维尔长大的。阿萨·伯德最后一刻带他来的，问我们还有没有位子给他坐。"

乔丹笑了笑。

"他多半是想搭车回家。他告诉我他是你们在耶鲁的班长。"

汤姆和我茫然地对视。

"比洛克西？"

"首先，我们根本没有班长——"

盖茨比的脚急促不安地敲着地板，汤姆突然看了他一眼。

"对了，盖茨比先生，我听说你是牛津毕业的。"

"不完全是。"

"哦，是吗，我听说你上过牛津。"

"是的——我上过。"

一阵沉默。接着汤姆用怀疑和侮辱的口气说："你肯定是在比洛克西去纽黑文的时候上的牛津吧。"

又是一阵沉默。一位服务生敲了敲门，端着碾碎的薄荷和冰块进来，但是他的一声"谢谢"和轻轻的关门声也没有打破沉默。这个重要的细节终于要澄清了。

"我跟你说了，我上过牛津。"盖茨比说。

"我听到了，但我想知道是什么时候。"

"一九一九年，我只待了五个月，这就是为什么我不能自称是牛津毕业生。"

汤姆环顾四周，看我们脸上是否也有和他一样的怀疑。然而我们都看着盖茨比。

"那是停战以后他们为部分军官提供的机会，"他继续说，"我们可以去英国或者法国的任何一所大学。"

我想起身拍拍他的后背。我像以前体验过的那样，对他重新产生了彻底的信任。

黛西起身，淡淡一笑，走到桌子跟前。

"打开威士忌，汤姆，"她命令，"我给你做一杯薄荷酒。好让你不觉得自己那么蠢……看看这些薄荷呀！"

"等等，"汤姆厉声说，"我想再问盖茨比先生一个问题。"

"请问。"盖茨比礼貌地说。

"你到底想要在我家里闹什么？"

他们终于把话头开了，正合盖茨比的意。

"他没闹，"黛西绝望地看看这个又看看那个，"是你在闹。请你自制一点。"

"自制！"汤姆难以置信地重复，"是不是最近流行坐视不管，听任来历不明的无名之辈和自己妻子上床。好了，如果是这样的话你不要把我算进去……如今大家对家庭生活和家庭制度嗤之以鼻，接下来他们就该无视一切，让黑人和白人通婚了。"

一番激情四溢的胡言乱语之后，他满脸通红，以为自己正独自站在文明的最后一道壁垒上。

"我们这里都是白人。"乔丹嘀咕。

"我知道我不受欢迎。我不举办大派对。我猜想在现代世界里,你非得把家里弄成猪圈才能交到朋友。"

尽管我和大家一样气愤,他一开口我却想笑。从浪荡子到卫道士的转变竟如此彻底。

"我有话要告诉你,老朋友——"盖茨比说。但是黛西猜到了他的意图。

"请你不要说!"她无助地打断,"我们都回家吧。我们都回家不好吗?"

"好主意,"我起身,"走吧,汤姆,没人要喝酒。"

"我想知道盖茨比先生要告诉我什么。"

"你妻子不爱你,"盖茨比说,"她从没爱过你。她爱我。"

"你肯定是疯了!"汤姆不假思索地惊呼。

盖茨比跳起来,激动万分。

"她从没爱过你,你听到了吗?"他大喊,"她嫁给你只是因为我当时很穷,她不想再等下去。这是一个可怕的错误,但是她在心里除了我从没爱过别人。"

这时乔丹和我都想离开，但是汤姆和盖茨比争着坚持要我们留下——仿佛他俩都没什么好隐藏的，而感受他们的情感是我们的荣幸。

"坐下，黛西，"汤姆想要用父辈的语调说话，但没有成功，"发生了什么？我要你全部告诉我。"

"我告诉你发生了什么，"盖茨比说，"已经五年了——而你一无所知。"

汤姆猛地转向黛西。

"你和这家伙来往了五年？"

"没有来往，"盖茨比说，"没有，我们无法见面。但我们始终彼此相爱，老朋友，而你一无所知。我有时候会笑——"但他的眼中没有笑意，"想到你一无所知。"

"哦——就这样啊。"汤姆像牧师一样轻叩着粗壮的手指，靠回椅子里。

"你疯了！"他突然发作，"五年前的事情我没什么可说的，因为我当时还不认识黛西——我真他妈的想不通你怎么靠近她的，除非你是送杂货到她家后门。至于其他一切都是他妈的扯淡。黛西嫁给我的时候是爱我的，她现在还爱着我。"

"不对。"盖茨比摇摇头说。

"但是她爱我。问题是有时候她脑袋里有些愚蠢的念头，她不知道自己在做什么，"他看似睿智地点点头，"更重要的是，我也爱黛西。我有时候会去找点小乐子，干点蠢事，但我总会回来，我心里始终爱着她。"

"你真叫人作呕。"黛西说。她转向我，声音降了一个八度，房间里充斥着她战栗的讥讽。"你知道我们为什么离开芝加哥吗？真奇怪竟然没人和你讲过他的小乐子是什么。"

盖茨比走过来站在她身旁。

"黛西，一切都过去了，"他认真地说，"都不重要了。告诉他真相——你从没爱过他——一切都永远了结了。"

她茫然地看着他："唉——我怎么会爱他——怎么可能？"

"你从没爱过他。"

她犹豫了。她哀求的目光落在我和乔丹身上，仿佛她终于意识到自己在做什么——仿佛她自始至终根本从未打算做任何事情。然而现在已成定局。为时已晚。

"我从没爱过他。"她说，能感觉到她的勉强。

"在卡皮欧拉尼公园 ① 的时候也没有吗？"汤姆突然问。

"没有。"

沉闷压抑的和弦声随着空气的热浪从楼下舞厅飘了上来。

"我背着你从庞奇堡尔火山口 ② 下来不让你湿了鞋子的那天，你也没有爱过我吗？"他的声音里有一股沙哑的温柔，"黛西？"

"请不要再说了。"她的声音冷漠，恨意却已经不见了。她看着盖茨比。"好了，杰。"她说，她想点根烟，手却不住颤抖。她突然把烟和燃烧的火柴都扔在地毯上。

"哦，你想要的太多了！"她冲盖茨比喊，"我现在爱你——这还不够吗？过去的事情我无能为力。"她开始无助地呜咽，"我的确爱过他——但我也爱过你。"

盖茨比的眼睛睁开又闭上。

"你*也*爱过我？"他重复。

---

① 卡皮欧拉尼公园（Kapiolani），夏威夷最大、最古老的公园。

② 庞奇堡尔火山口（Punchbowl），位于夏威夷火奴鲁鲁的死火山口。

"连这句话也是谎言，"汤姆恶狠狠地说，"她不知道你还活着。唉——黛西和我之间的事情你永远不会知道，我俩永远不会忘记。"

这些话刺痛了盖茨比。

"我想和黛西单独谈谈，"他坚持，"她现在太激动了——"

"就算单独谈，我也不能说我从没爱过汤姆。"她用可怜的声音承认，"那不是真话。"

"当然不是。"汤姆表示赞同。

她转向她的丈夫。

"好像你在乎似的。"她说。

"我当然在乎。从现在开始我会更好地照顾你。"

"你不明白，"盖茨比有点慌了，"你不能再照顾她了。"

"我不能?"汤姆睁大了眼睛大笑。他现在能控制住自己了。"为什么啊?"

"黛西要离开你。"

"胡说。"

"但我确实要离开你。"她明显很费劲地说。

"她不会离开我!"汤姆突然对盖茨比大吼,"绝对不会为了一个臭名昭著的骗子离开我,一个连给她戴在手指上的戒指也得去偷的骗子。"

"我受不了了!"黛西大喊,"唉,我们走吧。"

"你到底是什么人?"汤姆爆发了,"你跟着迈耶·沃尔夫山姆鬼混——我碰巧知道这些。你的事我稍稍调查过——我明天还会继续调查。"

"请你自便吧,老朋友。"盖茨比沉稳地说。

"我知道你所谓的'药店'是怎么回事的,"他转向我们飞快地说,"他和那个沃尔夫山姆在这里和芝加哥买下了很多小街上的药店,在柜台贩卖酒精。这是他的小伎俩之一。我第一次就看出他是私酒贩子,没看错吧。"

"那又如何?"盖茨比礼貌地说,"我想你的朋友沃尔特·蔡斯跟我们合伙也没觉得丢人。"

"你们把他坑了,不是吗?你们让他在新泽西坐了一个月的牢。天哪!你应该听听沃尔特是怎么说你的。"

"他来找我们的时候身无分文。他赚到钱很高兴,老朋友。"

"别叫我'老朋友'！"汤姆嚷嚷。盖茨比没吭声。"沃尔特本来可以告你们非法赌博，但是沃尔夫山姆恐吓他，让他闭嘴。"

盖茨比的脸上又露出那种似曾相识的陌生表情。

"药店的买卖只是小意思，"汤姆继续慢慢说，"你们正在干的勾当沃尔特不敢告诉我。"

我看了一眼黛西，她正惊恐地看着盖茨比和她的丈夫，我又看了一眼乔丹，她又开始用下巴尖平衡一个看不见却引人入胜的物体。接着我转回去看盖茨比——被他的表情吓了一跳。我对于在他的花园里流传的流言蜚语不屑一顾，但他看起来真的好像"杀了人"。那一瞬间，他的表情恰恰可以用这样荒唐的字眼来形容。

这种表情消失之后，他开始激动地和黛西讲话，矢口否认一切，反驳还没有提出的指控，捍卫自己的名声。但是他说的每个字都让黛西越来越退缩，于是他不再争辩，随着下午的时光流逝，只有死去的梦想还在奋力去触碰不再存在的东西，朝着房间那头消失的声音悲伤而不死心地挣扎。

那个声音再次央求要走。

"求你了，汤姆！我再也受不了了。"

她惊恐的目光说明，无论她曾经有过什么决心和勇气，都已经消失殆尽。

"你俩回家去吧，黛西，"汤姆说，"坐盖茨比先生的车。"

她惊恐地看着汤姆，而他故作大度以示轻蔑，坚持要他们走。

"走吧。他不会招惹你。我想他明白，他自作多情的小小恋曲已经结束。"

他俩一言不发地走了，像幽灵一样无足轻重，孤孤单单，甚至不要我们的同情。

过了一会儿汤姆站起来，把那瓶没有打开的威士忌用毛巾包起来。

"要不要喝点？乔丹？……尼克？"

我没有回答。

"尼克？"他又问了一遍。

"什么？"

"要喝点吗？"

"不要……我刚刚想起来今天是我生日。"

我三十岁了。崭新的十年在我面前展开了一条凶险艰难的道路。

晚上七点，我们和汤姆坐进双门跑车动身回长岛。汤姆喋喋不休，意气风发，放声大笑，但是他的声音对于我和乔丹来说，如同人行道上无关的嘈杂和头顶高架的喧嚣一样遥远。人的同情心是有限度的，我们乐于让他们可悲的争吵伴随城市的灯光消逝在身后。三十岁——等待我的是十年的孤寂，单身朋友越来越少，热情越来越淡薄，头发越来越稀疏。但我身边还有乔丹，她和黛西不同，她足够聪明，不会年复一年藏着早该遗忘的旧梦。当我们驶过黑暗的桥，她苍白的脸懒洋洋地靠在我的肩上，她紧紧握住我的手，三十岁带来的巨大冲击随之消散。

于是我们在渐渐凉爽的暮色中驶向死亡。

在灰堆旁边经营咖啡馆的年轻希腊人米凯利斯是命案的主要目击证人。那天他在酷热中一直睡到五点以后，溜达到车铺时，发现乔治·威尔逊在办公室里病了——真的病了，脸色和他的头发一样苍白，浑身发抖。米凯利斯劝他去睡

觉，威尔逊不肯，说去睡觉会错过很多生意。这位邻居正在
劝说他的时候，楼上传来激烈的吵闹声。

"我把我太太关在楼上了，"威尔逊平静地解释，"她会
在那里待到后天，然后我们就搬走。"

米凯利斯大吃一惊，他们已经做了四年邻居，威尔逊从
来不是能说出这种话的人。平日里他总是一副筋疲力尽的模
样：不工作的时候，他便坐在门口的椅子里，看着路上来来
往往的人和车。不管谁和他讲话，他都乐乐呵呵，没精打采
地笑笑。他没有自我，都听他太太的。

于是米凯利斯自然想要弄清楚发生了什么，而威尔逊一
个字都不肯说——反而开始用古怪怀疑的目光打量他的访
客，盘问他某些日子某些时间在做什么。正当米凯利斯感觉
不自在，有几个工人经过门口朝他的餐厅走去，他趁机告
辞，打算过会儿再回来。但是他没有回来。他说他忘记了，
没有别的原因。七点多他再次出门时，想起之前的对话，因
为他听见威尔逊太太在修车铺楼下破口大骂。

"打我呀！"他听见她嚷嚷，"把我摔在地上打呀，你这
个肮脏的懦夫。"

过了一会儿，她冲入暮色，挥手大喊——他还没来得及离开门口，事情已经发生了。

那辆被报纸称为"凶车"的车没有停下来，它从浓重的暮色中出现，出事后悲惨地徘徊了片刻，消失在下一个拐角。米凯利斯甚至不确定车的颜色——他告诉第一个警察是浅绿色的。另外一辆去往纽约方向的车在一百码开外处停下，司机急忙跑回默特尔·威尔逊惨死的地点——她跪在地上，浓稠的黑血和尘土混合在一起。

米凯利斯和那个司机最先跑到她身边，但是当他们扯开她身上仍然汗湿的衬衫，看见她左边的乳房松松垮垮地耷拉下来，已经没必要再去听底下的心跳了。她的嘴张得很开，嘴角开裂，像是在释放毕生储存的巨大生命力时，呛了一下。

我们离着一段距离就看见三四辆汽车和一大群人。

"出车祸了！"汤姆说，"不错。威尔逊终于有生意做了。"

他放慢车速，但仍然没打算停车，直到我们开得更近，修车铺门口人们肃穆专注的表情让他不由自主拉住刹车。

"我们去看看，"他迟疑地说，"就看一眼。"

这时我听见修车铺里不断传出空洞的哀号，我们下车朝门口走去，才听清是有人上气不接下气一遍遍悲叹着"哦，我的天哪！"。

"出大事了。"汤姆兴奋地说。

他踮脚走上前去，从一圈人头顶上往修车铺里看，那里只有一盏黄色的灯挂在天花板上摇摇晃晃的铁丝罩里。接着，他从喉咙里吼了一声，用有力的胳膊猛地推开人群往里走。

围观的人嘀嘀咕咕劝告了一番又合拢起来，有一会儿我根本什么都看不见。然后新围上来的人打乱了秩序，乔丹和我突然被挤了进去。

默特尔·威尔逊的尸体外裹了一层毯子，外面又裹了另外一层，仿佛在炙热的夜晚她还怕冷似的。她被放在靠墙的工作台上，汤姆背对我们，一动不动地低头看着。他旁边站着一个汗流浃背的骑警，涂涂改改地在一个小本子里记名字。空荡荡的修车铺里回响着高亢的哀号，起初我不知道源自何处——然后我看见威尔逊站在办公室凸起的门槛上，双手抓住门框前后晃动。有一个人低声和他讲话，不时想把手放在他的肩膀上，但是威尔逊既听不见也看不见。他的目光慢慢从摇晃的灯移到墙边摆着尸体的桌子，又猛地移回到灯，他不断发出高亢可怕的呼喊。

"哦，我的天——哪！哦，我的天——哪！哦，我的天——哪！"

这时汤姆猛然抬头，呆滞的目光环顾车铺，含糊不清地对警察说了一句话。

"M—a—v—，"警察在说，"o—"

"不对，r—"那个人纠正，"Mavro—"

"听着！"汤姆激动地低声说。

"r，"警察说，"o—"

"g—"

"g—"汤姆的手突然落在警察的肩膀上，警察抬起头来。"你想干吗，哥们？"

"出什么事了？——我想知道。"

"她被车撞了。当场死亡。"

"当场死亡。"汤姆重复，两眼发直。

"她冲去了路中间。那个混蛋连车都没停。"

"有两辆车,"米凯利斯说,"一辆开过来,一辆开过去,明白了吗?"

"开去哪里?"警察认真地问。

"两辆车各朝一个方向。嗯,她——"他抬起手来指着毯子,抬到一半又垂回身侧,"她冲到那里,被从纽约方向来的车迎面撞上,车速大概三四十迈。"

"这个地方叫什么名字?"警官问。

"没有名字。"

一个脸色憔悴、穿着体面的黑人走上前来。

"是一辆黄色的车,"他说,"黄色的大车。很新。"

"你看见事故发生了吗?"警察问。

"没有,但是那辆车后来从我身边开过,速度不止四十迈,有五六十迈。"

"过来报一下名字。让开点。我要记下他的名字。"

在办公室门口晃来晃去的威尔逊肯定听到了只言片语,他的哭喊中突然出现了新的内容。

"你不用告诉我那是一辆什么车!我知道是什么车!"

我看着汤姆，看见他肩膀后面那团肌肉在外套底下绷紧。他快步走向威尔逊，站在他跟前，紧紧抓住他的上臂。

"你要振作起来。"他粗哑的声音中带有抚慰。

威尔逊的目光落在汤姆身上，他惊得踮起脚，要不是汤姆扶住他，他差点跪倒在地。

"听着，"汤姆轻轻摇着他说，"我一分钟前刚刚从纽约到这里。我正要把之前我们说的那辆车送来给你。我下午开的那辆黄色的车不是我的——你听到了吗？我整个下午都没见过那辆车。"

只有黑人和我站得足够近，能听到他讲的话，但是警察察觉到语调里的异样，投之以严厉的目光。

"怎么回事？"他问。

"我是他的朋友，"汤姆转过头来，但是手仍然紧紧抓着威尔逊的身体，"他说他知道那辆肇事车……是辆黄色的车。"

警察隐隐觉得不对劲，怀疑地看着汤姆。

"你的车是什么颜色？"

"蓝色的，是一辆双门跑车。"

"我们刚从纽约开过来。"我说。

跟在我们后面的车证实了这一点，于是警察转过身去。

"好了，请你再说一遍正确的名字——"

汤姆像提娃娃一样把威尔逊提进办公室，让他在椅子里坐好，然后走了出来。

"找个人过来陪着他。"他厉声命令。站得最近的两个人互相瞥了一眼，不情愿地走进屋里。汤姆在他们身后关上门，走下一级台阶，目光避开那张桌子。他走过我身边的时候轻声说："我们走吧。"

他用专横的胳膊开路，我们不自在地从仍在围观的人群中挤出来，匆匆赶来的医生提着箱子从我们身边走过，那是半小时之前有人抱着不切实际的希望去请来的。

汤姆缓缓开车，直到拐弯之后——他猛踩油门，跑车在夜色中疾驶。不一会儿，我听到一声低沉粗哑的呜咽，他的脸上淌下泪水。

"该死的懦夫！"他哭着说，"连车都不停。"

布坎南家的房子从簌簌作响的黑暗树林中突然浮现。汤姆在门廊旁边停下，抬头看着二楼，藤蔓之间有两扇窗户亮着灯。

"黛西到家了。"他说。我们下车时，他看了我一眼，微微皱起眉头。

"我应该在西蛋让你下车的，尼克，今晚我们什么都做不了了。"

他发生了变化，语气严肃，而且果断。我们沿着月光下的石子路走向门廊，他短短几句话做好了安排。

"我打电话叫出租车送你回家，等车的时候，你和乔丹最好去厨房里让他们给你们弄点吃的——如果你们想吃的话，"他打开门，"请进。"

"不用了，谢谢。但麻烦帮我叫出租车，我在外面等。"

乔丹挽住我的胳膊。

"你不进来吗，尼克？"

"不了，谢谢。"

我有点不舒服，想独自待着。但乔丹还是逗留了片刻。

"现在才九点半。"她说。

我无论如何也不会进去。这一天里我已经受够了他们所有人，乔丹突然也包括在内。她肯定从我的神情中察觉到了什么，因为她猛地转身，跑上门廊的台阶进了屋。我双手抱头坐了一会儿，直到听见里面的电话被拿了起来，是管家在叫出租车。然后我慢慢沿着车道离开房子，打算在门口等车。

我还没有走出二十码就听见有人叫我名字，盖茨比从两丛灌木间走出来。我当时肯定觉得特别古怪，因为除了月光下他粉色外套的莹莹光芒，我什么都想不起来。

"你在干吗？"我问。

"就是站在这里，老朋友。"

不知怎么的，他像是要干什么卑鄙的勾当。说不定马上就要洗劫这幢房子；如果他身后黑黝黝的灌木丛里出现邪恶的面孔，"沃尔夫山姆那伙人"的面孔，我一点也不会吃惊。

"你在路上看到出什么事了吗？"他过了一会儿问。

"看到了。"

他犹豫了一下。

"她死了吗？"

"是的。"

"我想也是，我告诉黛西她应该是死了。打击最好是一起来。她扛得住。"

他这样说就好像黛西的反应是唯一重要的事。

"我是从小路开车回西蛋的，"他继续说，"我把车停在我家车库了。我想没人看见我们，当然我也不能肯定。"

我这时已经无比厌恶他，所以觉得没必要告诉他他错了。

"那个女人是谁？"他问。

"她姓威尔逊。她丈夫是修车铺老板。到底怎么回事？"

"唉，我想把方向盘转过来——"他打住，我突然猜到了真相。

"是黛西在开车？"

"是的，"他过了一会儿说，"但是我当然会说是我开的。你知道，我们离开纽约的时候她很紧张，她以为开车能让她平静下来——这个女人朝我们冲过来的时候，正好迎面开来另一辆车。总共不到一分钟的事情，但她像是要和我们讲话，以为我们是她认识的人。黛西先是朝另外那辆车转方向盘以避开这个女人，但她惊慌失措又转了回来。我的手一碰到方向盘就感到车子一震 —— 她肯定是当场就被撞死了。"

"她被撞得血肉模糊 ——"

"别说了，老朋友，"他缩了缩，"总之 —— 黛西继续踩住油门。我想让她停下来，但是她停不下来，于是我拉了紧急刹车。她倒在我的腿上，换我继续开。"

"她明天就会没事的，"他过了一会儿说，"我就是在这里等着，看他会不会因为下午的不愉快而去找她麻烦。她把自己锁在房间里，要是他对她动粗，她会把灯关了再开。"

"他不会碰她的，"我说，"他现在想的不是她。"

"我不信任他，老朋友。"

"你打算等多久？"

"有必要的话就等一整晚，至少等到他们睡觉。"

我产生了新的念头。如果汤姆发现是黛西开的车，他或许会认为其中有关联 —— 他会胡思乱想。我看着那幢房子，楼下有两三扇亮着灯的窗户，二楼黛西的房间透出粉红色的灯光。

"你在这里等着，"我说，"我去看看有什么动静。"

我沿着草坪边缘往回走，轻轻横穿石子车道，踮脚走上阳台台阶。客厅的窗帘敞开着，我看见里面是空的。我穿过三个月前的六月夜晚我们共进晚餐的门廊，来到一小片矩形的灯光跟前，我猜想那是从食品间的窗户透出来的。百叶窗合着，但是我在窗台上找到一条缝。

黛西和汤姆面对面坐在厨房的桌边，中间摆着一盘冷的炸鸡，还有两瓶啤酒。他正聚精会神地跟桌子对面的她说话，诚挚地用手盖住她的手。她不时抬头看他，点头表示认同。

他们并不开心，两个人都没有碰鸡肉和啤酒——然而他们也不是不开心。这幅场景清清楚楚地透着自然亲密的气息，任何人看了都会说他们在共同密谋。

我踮着脚离开门廊时，听见出租车正沿着漆黑的道路缓缓驶来。盖茨比还在刚才的车道那里等我。

"里面平安吧？"他焦急地问。

"是啊，一切平安，"我犹豫，"你最好也回家睡一会儿。"

他摇摇头。

"我想在这里等到黛西上床睡觉。晚安，老朋友。"

他把双手插进外套口袋，急切地转身继续监视那幢房子，仿佛我的存在妨碍了他神圣的守望。于是我离开了，留他站在月光里——守望着虚无。

第八章

我彻夜难眠。长岛海湾不断回响着雾角的呜咽声，我像病人一样在怪异的现实和野蛮可怕的梦境之间辗转反侧。破晓时分我听见一辆出租车驶上盖茨比家的车道，我立刻跳下床开始穿衣服——我觉得我有事情要告诉他，要警告他，等到早上就太迟了。

我穿过草坪，看见他家前门还开着，他靠在门厅的一张桌子旁，由于沮丧或是困倦而不堪重负。

"什么都没发生，"他疲惫地说，"我一直等着，直到早上四点左右，她来到窗口，站了一会儿，关了灯。"

我们穿过一间间大房间寻找香烟，对我来说他的房子从未显得像那天夜里那样庞大。我们掀开帐篷似的窗帘，在无边无际的黑暗的墙上摸索电灯开关——我还被幽灵般的钢琴绊倒，轰然摔在琴键上。到处都是不知从哪来的灰尘，房间发霉了，像是很多日子没有通风。我在一张不熟悉的桌子上找到了烟盒，里面有两支变了味的干瘪的雪茄。我们打开客厅的法式落地窗，坐在黑暗中抽烟。

"你得离开这里，"我说，"他们肯定会追查到你的车。"

"*现在吗，老朋友？*"

"去大西洋城待一个星期，或者去蒙特利尔。"

他不愿考虑这个建议。在知道黛西接下来的打算之前，他不可能离开。他紧紧抓住最后一线希望，我不忍心要他放手。

就是在这天晚上，他向我讲述了他年轻时和丹·科迪之间的离奇故事——因为"杰·盖茨比"已经像玻璃一样被汤姆残忍的恶意击得破碎，冗长的秘密狂想曲已经落幕。我想此刻他会毫无保留地承认一切，但他只想谈谈黛西。

她是他认识的第一个"好"女孩。他以前也曾以各种未表明的身份和这类人有过交往，但彼此之间总是隔着无形的铁丝网。他觉得她极其令人向往。他登门拜访，起初是和泰勒营地的其他军官一起去的，后来单独前往。他从没去过那么美的房子，惊叹不已。然而这里之所以有一种令人透不过气来的紧张气氛是因为黛西在——对她来说，则像他住在营地的帐篷里那样习以为常。这座房子充满神秘感，楼上的卧室似乎比其他卧室更优雅和凉爽，走廊里处处欢声笑语，浪漫爱情不是被保存在薰衣草里的陈年旧事，而是雪亮的新款汽车和花朵永不凋谢的舞会所带来的新鲜、生动、芬芳的气息。他也因为很多男人爱过黛西而兴奋——这增添了她在他眼中的价值。他在这幢房子里处处能感觉到他们的存在，仍旧蓬勃的情感像影子和回声一样弥漫在空中。

然而他知道自己出现在黛西家里纯属偶然。不论他作为杰·盖茨比会拥有多么光辉的未来，当时他不过是一个没有过去的身无分文的年轻人，他身上那套军装所带来的无形伪装随时会从肩上滑落。于是他充分利用时间。他贪婪且肆无忌惮地攫取能得到的一切——终于在一个寂静的十月夜晚，他得到了黛西，他占有了她，因为他没有真正的权利去触碰她的手。

他或许应该鄙视自己，因为他确实在虚假的伪装下得到了她。我不是说他用虚幻的百万家产去做交易，而是他故意给予黛西一种安全感；他让她相信他们来自差不多的阶层——他完全能够照顾她。事实上，他不具备这些能力——他没有优越的家庭背景，而且只要不近人情的政府一声令下，他随时会被派往世界任何一个地方。

但是他并没有鄙视自己，事情的结果也出乎他的意料。他起初或许只打算玩玩就走——结果却发现自己已经献身于追求一种理想。他知道黛西不同寻常，但是他没有意识到一个"好"女孩能不同寻常到什么程度。她消失在自己的豪宅里，消失在自己富裕美满的生活里，什么都没有留给盖茨比。而他觉得自己与她定下终生，如此而已。

两天以后他们再次见面时，盖茨比透不过气来，仿佛被辜负的是他。她家的门廊奢华明亮如星光闪耀；她转身让他亲吻她美妙可爱的嘴唇时，时髦的藤条椅吱嘎作响。她感冒了，声音比平时更沙哑、更迷人，盖茨比深深体会到财富令

青春和神秘永驻，体会到华服让人焕然一新，体会到黛西像
白银一样光彩照人，安然骄傲地凌驾于穷人的困苦奋斗之上。

"我无法向你描述当我发现自己爱上她的时候是多么惊
讶，老朋友。我甚至有段时间希望她能抛弃我，但是她没
有，因为她也爱我。她以为我懂得很多，因为我懂的东西和
她不同……唉，于是我忘掉了自己的抱负，每分每秒越陷
越深，突然之间我什么都不在乎了。既然向她诉说未来打算
能让我更快乐，去成就伟大事业又有什么用呢？"

动身去海外前的最后一个下午，他抱着黛西沉默地坐了
很久。那是一个寒冷的秋天，屋子里生着火，她的脸庞通
红。她不时动一动，他也跟着稍稍调整手臂的姿势，还亲吻
了她闪亮的黑发。那天下午他们度过了一段平静的时光，仿
佛是为了第二天即将到来的漫长分离而留下一个深刻的记
忆。她沉默的嘴唇拂过他外套的肩头，他温柔地触碰她的指
尖，仿佛她在沉睡。在相爱的这一个月里，他们从未如此亲
密，从未有过如此深刻的心意相通。

　　他在战争中表现卓越。还没上前线就已经是上尉，阿尔贡战役之后他晋升为少校，成为机枪部指挥官。停战以后他发疯似的要求回国，然而由于复杂的情况或是误会，他被送去了牛津。他开始担心——黛西的信里流露出紧张的绝望情绪。她不明白为什么他不能回来。她开始感到外界的压力，她想要见他，感受他在身边的陪伴，以确信自己是在做正确的事。

　　黛西还年轻，她矫揉造作的世界里充满兰花的芬芳、欢愉的势利气氛，还有管弦乐团，乐团定下那一年的节奏，用新的曲调总结人生的悲伤和启示。萨克斯管整夜吹奏《比尔街布鲁斯》①无望的旋律，而一百双金银舞鞋扬起闪亮的灰尘。到了晚茶时间，总有一些房间继续保持着低沉甜蜜的狂热，而新鲜的脸庞飘来飘去，如同被悲伤的号角吹散在地上的玫瑰花瓣。

　　黛西在昏暗的世界中再次随季节而复苏；突然之间，她又重新每天和五六个男人约会五六次，天亮才昏昏入睡，晚

---

① 《比尔街布鲁斯》（"Beale Street Blues"），发行于1917年，由W.C.哈代作词作曲，歌名来自田纳西孟菲斯的比尔街，当时那里是非洲裔美国人的音乐中心。

礼服上的珠子和丝带与凋零的兰花一起，缠绕着躺在床边的地板上。但她的内心始终渴望做出一个决定。她想立刻安排好自己的人生——而这个决定必须依靠触手可及的力量——爱情、金钱、毋庸置疑的实实在在的东西。

仲春时节，这股力量随着汤姆·布坎南的出现而成型。他的身材和地位都很有分量，黛西受宠若惊。毫无疑问她感到挣扎，也感到解脱。盖茨比收到信的时候还在牛津。

长岛已经是黎明，我们打开楼下其余的窗户，让灰蒙蒙、金灿灿的光线照进来。树的影子突然穿过露水，幽灵般的鸟开始在蓝色的树叶间歌唱。空气里有种缓慢愉快的气息，几乎没有风，预示着凉爽美好的一天。

"我不觉得她爱过他，"盖茨比从窗前转过身来，挑衅地看着我，"你一定要记得，老朋友，今天下午她多么激动。他和她说那些事情的方式吓到了她——他把我说成卑鄙的骗子。结果她都不知道自己在说什么。"

他沮丧地坐下。

"当然，她或许是爱过他一会儿，在他们刚结婚的时候——但即使是那时，她也更爱我，你明白吗？"

突然，他说出了一句奇怪的话。

"无论如何，"他说，"这只是私事。"

如何理解这句话呢，只能猜测他对这桩恋情的构想中有一种强烈的情感是无法被衡量的。

他从法国回来的时候，汤姆和黛西还在蜜月旅行，他忍不住花了最后一点军饷去路易斯维尔进行了一趟伤心之旅。他在那里待了一星期，走遍了他们曾经在十一月的夜晚共同漫步的街道，重访了他们曾经开着她的白色敞篷车去过的偏僻地方。正如黛西家的房子在他看来向来比其他房子更神秘和欢乐，他认为这座城市本身也弥漫着忧郁的美，即便她已经不在。

他离开的时候认为，如果他更努力地寻找，或许能找到她——而他抛弃了她。硬座车厢很热，他身无分文。他来到露天通廊，坐在折叠椅上，车站徐徐远去，陌生楼房的背面在视线中移动。接着火车驶入春天的田野，与一辆黄色电车并排飞驰了一会儿，车里的人或许偶尔在街道上见过她苍白迷人的脸庞。

GEORGE BARBIER 1925

铁轨拐了个弯，火车背着阳光行驶，太阳西沉，仿佛向这座渐渐消逝的城市播撒祝福，这座黛西曾经生活过的城市。他绝望地伸出手，似乎要抓住一缕空气，从这个因她而美好的地方留下一个碎片。但是一切都在他模糊的泪眼中飞快移动，他知道自己已经永远失去了那部分，最新鲜最美好的那部分。

我们吃完早饭来到外面的门廊，已经是早晨九点。一夜之间天气骤变，空气里有了秋天的味道。园丁来到台阶底下，他是盖茨比家里最后一位过去的老员工。

"我今天打算把游泳池的水放掉，盖茨比先生。很快就要开始落叶了，到时候水管会被堵住。"

"今天先别放。"盖茨比回答。他抱歉地转身对我说："你知道，老朋友，我整个夏天都没用过游泳池。"

我看了看手表站起身来。

"我那班火车还有十二分钟就要开了。"

我不想进城。我没有心思好好工作，但是不仅如此——我不愿离开盖茨比。我错过了那班火车，又错过下一班，然后才勉强离开。

"我会给你打电话。"我最后说。

"好的，老朋友。"

"我中午前后打给你。"

我们慢慢走下台阶。

"我想黛西也会打来电话。"他不安地看着我，像是希望我能证实这一点。

"我想会的。"

"那么，再见。"

我们握了握手，我便离开了。还没走到围栏前，我又想起来什么，转过身来。

"他们是一群混蛋，"我对着草坪那头喊，"他们所有人加起来也比不上你。"

我后来一直很庆幸我说了那句话。这是我给过他的唯一赞美，因为我自始至终都不曾认同他。他先是礼貌地点点头，随后他的脸上绽放出灿烂的、会心的微笑，仿佛这是我们之间始终心照不宣的事实。白色的台阶把他华丽的粉色外套衬托得格外鲜艳，我想起三个月前我初次拜访这幢古宅。草坪和车道上挤满了人，纷纷猜测他品行败坏——而他站在台阶上向他们挥手告别，心中隐藏着不被腐蚀的梦想。

我感谢他的款待。我们总是为此向他致谢——我和其他人。

"再见，"我喊道，"谢谢你的早餐，盖茨比。"

到了城里，我勉强整理了一会儿无穷无尽的股价清单，然后在转椅里睡着了。接近中午的时候电话响了，我惊醒过来，满头大汗。是乔丹·贝克打来的，她常常在这个时间给我打电话，因为她出入于酒店、俱乐部和私人住宅，行踪不定，很难用其他方式找到她。通常她在电话那头的声音清新悦耳，仿佛一小块草皮从碧绿的高尔夫球场飘进办公室窗户，但是今天上午她的声音听起来却粗糙刺耳。

"我离开黛西家了，"她说，"我现在在亨普斯特德①，今天下午要去南安普顿②。"

离开黛西家或许明智，但是这种做法令我不快，接下来的那句话更让我心凉。

---

① 亨普斯特德（Hempstead），位于美国纽约拿骚县，占据了长岛西半岛。
② 南安普顿（Southampton），位于美国纽约长岛的一个村庄。

"你昨晚对我态度不好。"

"昨晚那种情况，有什么可计较的？"

沉默了片刻，然后她说：

"但是——我想见你。"

"我也想见你。"

"那我不去南安普顿了，我下午进城好吗？"

"不行——我想今天下午不行。"

"那好吧。"

"今天下午真的不行。很多——"

我们就这样聊了一会儿，然后突然间不再说话。我不知道是谁先挂断电话的，但我知道我不在乎。即便从此再也不能与她交谈，我那天也不能和她面对面喝茶聊天。

几分钟后我打电话给盖茨比，但是占线。我打了四次，最后一个怒气冲冲的接线员告诉我说这条线路在等底特律打来的长途。我拿出火车时刻表，圈了三点五十分那班火车。然后我靠回椅子里，试图思考。这时刚到中午。

那天早晨我乘火车经过灰堆时，特意坐在车厢的另外一边。我猜想那里整天都会有好奇的人围着，小男孩在灰尘里寻找黑色血迹，某个喋喋不休的男人翻来覆去讲述事情的经过，直到自己都觉得越来越不真实，无法再往下说，而默特尔·威尔逊的悲惨结局就这样被遗忘了。现在我想回溯一下昨晚我们离开以后修车铺里发生了什么。

他们好不容易才找到妹妹凯瑟琳。那天晚上她肯定破例喝了酒，因为她到的时候已经喝蒙了，无法理解救护车已经去了法拉盛①。等他们向她说明了这一事实之后，她立刻昏了过去，仿佛这是整桩事情中最无法承受的部分。有人出于善意或是好奇，一路开车送她，尾随在她姐姐的遗体后面。

直到午夜过后很久，还不断有人挤在修车铺门口，乔治·威尔逊坐在里面的沙发上前后摇晃。办公室的门敞开了一会儿，每个走进修车铺的人都忍不住往里张望。终于有人说这样太不像话，关上了门。米凯利斯和其他几个人陪着他；起初有四五个人，后来剩下两三个人；再后来米凯利斯不得不让最后一个陌生人再等十五分钟，好让他回自己那里

---

① 法拉盛（Flushing），位于美国纽约皇后区，亚裔、拉美裔、中东裔、非裔、欧洲裔等多种人群在此聚居。

煮一壶咖啡。之后，他独自陪着威尔逊待到天亮。

凌晨三点左右，威尔逊语无伦次的呓语发生了变化——他渐渐平静下来，开始谈论那辆黄色的车。他声称自己能查出那辆车的主人，接着他又不经意说起几个月前，他的妻子有一次鼻青眼肿地从城里回来。

但是他听到自己说出这个，畏缩起来，接着又开始哼哼唧唧地哭喊："哦，天哪！"米凯利斯笨拙地试图转移他的注意力。

"你结婚多久了，乔治？好啦，能不能坐着别动，回答我的问题。你结婚多久了？"

"十二年了。"

"你有孩子吗？好啦，乔治，坐着别动——我问你一个问题。你有孩子吗？"

棕色的硬壳甲虫不断撞向暗淡的灯，米凯利斯每每听见外面马路上有车呼啸而过，便觉得是几小时前那辆没有停下来的车。他不愿走进修车铺，因为放过尸体的工作台还沾着血迹，于是他只好在办公室里不自在地走来走去——天亮之前他已经熟悉了这里的每样东西——他不时坐到威尔逊身边，设法让他安静下来。

"有没有一个你时不时会去的教堂，乔治？哪怕是你很久没有去过的？要不我给教堂打电话，请一个牧师过来和你谈谈，你觉得呢？"

"我不属于任何教堂。"

"这种时候你应该有一个教堂，乔治。你以前肯定去过教堂吧。你不是在教堂里结婚的吗？听着，乔治，听我说。你不是在教堂里结婚的吗？"

"那是很久以前了。"

他费力回答问题，打断了摇晃的节奏，沉默了片刻以后，他暗淡的眼睛里又出现了那种半知半惑的神情。

"你看看那个抽屉。"他指着书桌。

"哪个抽屉？"

"那个抽屉——那个。"

米凯利斯打开手边最近的抽屉。里面空无一物，只有一根小小的、昂贵的狗链，皮质的，饰以银穗，看上去很新。

"这个？"他拿起来问。

威尔逊瞪着眼睛点点头。

"我昨天下午找到的，她试图解释，但我知道这里面有蹊跷。"

"你是说你太太买了这个？"

"她用纸巾包着放在梳妆柜上。"

米凯利斯没看出任何异样，他给了威尔逊十几条理由解释他的妻子为什么会买这根狗链。但是可以想象，威尔逊已经从默特尔那里听到过相同的这些解释，因为他又开始低声哼哼"哦，我的天哪！"——安慰他的人还有好几个解释没说出口，只好作罢。

"于是他杀了她。"威尔逊说。他突然张开嘴。

"谁杀了她？"

"我会设法查出来的。"

"你病了，乔治，"他的朋友说，"你压力太大，不知道自己在说什么。你最好安静坐着，等天亮再说。"

"他杀了她。"

"那是意外，乔治。"

威尔逊摇摇头。他眯起眼睛，稍稍咧开嘴，不以为然地"哼"了一声。

"我知道，"他肯定地说，"我是一个信任别人的人，不想伤害*任何*人，但是我弄明白一件事情的时候就错不了。是车里的那个男人。她跑过去想和他讲话，但他不肯停车。"

米凯利斯当时也看到了，但是他没想到这其中有任何特殊含义。他以为威尔逊太太是要逃离她的丈夫，而不是要拦住某辆车。

"她怎么会那样？"

"她令人捉摸不透，"威尔逊说，像是回答了这个问题，"啊——"

他又开始摇晃，米凯利斯站在旁边揉搓手里的狗链。

"乔治，你有没有什么朋友我可以打电话叫来帮忙？"

希望渺茫——他几乎可以肯定威尔逊没有朋友：他连自己的妻子都应付不来。过了一会儿他高兴地注意到屋子里的变化，窗外越来越蓝，他知道天快亮了。五点左右，天色更蓝，可以关灯了。

威尔逊呆滞的目光转向外面的灰堆，那里小小的灰色云朵形状各异，在黎明的微风里飘来飘去。

"我和她说过，"他沉默许久之后喃喃说，"我告诉她她或许能够骗我，但骗不了上帝。我带她来到窗口——"他费力站起来，走到后窗跟前，把脸贴在上面，"我说：'上帝知道你在做什么，知道你所做的一切。你可以骗我，但是骗不了上帝！'"

米凯利斯站在他身后，吃惊地看到他正注视着 T. J. 埃克勒伯格医生的眼睛，那双暗淡的巨大的眼睛刚刚从消逝的夜色中浮现出来。

"上帝看见一切。"威尔逊又重复了一遍。

"那是一幅广告。"米凯利斯宽慰他。米凯利斯不知怎么的转过身来向屋里看。而威尔逊久久站在那里，脸紧靠着窗玻璃，对着曙光点头。

到了六点，米凯利斯已经筋疲力尽，听到外面传来停车声很是感激。是昨晚的守夜人之一，他答应要回来的，米凯利斯做了三个人的早饭，他和那个人一起吃了。威尔逊现在更安静了，于是米凯利斯回家睡觉；四个小时以后等他醒来，急忙回到修车铺，威尔逊已经不见了。

他的行踪——他始终都是步行——事后查明是先到罗

斯福港，再到盖德山，他在那里买了一个三明治但没有吃，还买了一杯咖啡。他肯定累了，走得很慢，因为他中午才走到盖德山。到这里为止还不难说清楚他的行踪——有几个男孩曾见到一个"疯疯癫癫"的男人，还有几个开车的人见到他在路边古怪地盯着他们看。接下来的三个小时他失去踪影。警察根据他对米凯利斯说的话，说他"会设法查出来的"，推测他那段时间在附近各家修车铺转悠，打听一辆黄色的车。然而没有哪家修车铺的人见过他，或许他有更简单可靠的方法查到他想知道的事情。下午两点半他来到西蛋，向人打听去盖茨比家怎么走。所以那时他已经知道盖茨比的名字了。

下午两点，盖茨比穿上泳衣，嘱咐管家说，如果有人打电话来，务必到游泳池通知他。他先去车库拿了夏天供客人娱乐的充气垫，司机帮他打了气。然后他吩咐司机在任何情况下都不要把那辆敞篷车开出去——这很奇怪，因为右前方的挡泥板需要维修。

盖茨比扛起垫子，往游泳池走。他停下来一次稍稍调整了垫子的位置，司机问他是否需要帮忙，他摇摇头，很快消失在变黄的树木中。

没有人打来电话，但是管家没睡觉，一直等到四点——即便有人打来电话，也早已无人接听了。我想盖茨比自己也不相信会有电话打来，或许他已经不在乎了。如果真是这样，他肯定感到他已经失去了温暖的旧日世界，为了怀揣一个梦想太久而付出了高昂的代价。他肯定透过骇人的树叶仰望陌生的天空，战栗着发现玫瑰是多么丑陋，而太阳残忍地照在刚刚露头的青草上。一个崭新的世界，实在而不真实，可怜的游魂在那里四处飘荡，像呼吸空气一样呼吸着梦……就像那个灰蒙蒙的古怪身影，正穿过杂乱的树木悄悄向他走来。

那位司机听到了枪声——他也是沃尔夫山姆的手下——事后他只能说他当时没有多想。我从火车站直接开车来到盖茨比家，见我焦急地冲上前门台阶，才有人意识到出事了。但我坚信他们当时已经知道了。司机、管家、园丁和我，我们四个人一言不发地匆匆赶往游泳池。

池水不易察觉地轻轻流动，清水从游泳池的一头流向另一头的排水口。不堪重负的充气垫在池子里随意漂浮，微微泛起的涟漪几乎只是波浪的阴影。一阵微风袭来，无法吹皱承载着意外负担的水面，却足以改变水波随机的流向。几片叶子围着充气垫缓缓打转，像是圆规的两脚，在水里勾勒出细细的红色圆圈。

我们开始往房子里搬运盖茨比的时候，园丁才在不远处的草丛里看见威尔逊的尸体，这场屠杀结束了。

第九章

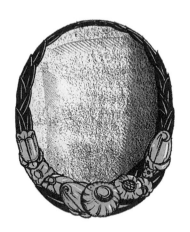

两年以后，我回想起那天剩下的时间，晚上以及第二天，只记得络绎不绝的警察、摄影师和记者在盖茨比家的前门进进出出。大门口拉起绳子，旁边站着一个警察拦住看热闹的人群，但是小男孩们很快发现他们能从我家的院子绕进去，于是总有几个小孩目瞪口呆地簇拥在泳池边。那天下午一个举止自信的人俯身查看威尔逊的尸体时，用了"疯子"这个词，他或许是一名侦探，那颇具权威感的语气给第二天早上的新闻报道定下了基调。

大多数报道都是噩梦——离奇、间接、急切、失实。米凯利斯在审讯中的证词透露了威尔逊对妻子的怀疑，我以为整个故事很快会被写成下流的讽刺文章发表——然而原本信口开河的凯瑟琳却保持了沉默。她在这件事情上表现出惊人的品格——她那双坚定的眼睛在修饰过的眉毛下注视着验尸官，发誓说她的姐姐从没见过盖茨比，她的姐姐和丈夫在一起非常幸福，从没有过任何不端行为。她说得连自己都信了，捂着手帕哭，仿佛这种说法令她无法忍受。于是威尔逊沦为一个"因悲痛而精神失常"的人，使得整桩事件得以保持最简单的案情。案子就此了结。

然而这整个过程都那么遥远和无关紧要。我发现只有我站在盖茨比这一边。从我打电话向西蛋村报告惨剧的那一刻起，每个关于他的猜测、每个实际的问题都来求助于我。起初我感到吃惊和困惑，后来一个又一个小时过去，他躺在他的房子里一动不动，不呼吸，不讲话，我渐渐感到自己负有责任，因为除我之外无人关心——我所谓的关心是说，每个人或多或少都有权利在死后获得真切的关心。

找到盖茨比尸体的半个小时之后，我出于本能，毫不犹豫地打电话给黛西。但是她和汤姆那天下午很早就出门了，还带着行李。

"没有留下地址?"

"没有。"

"说什么时候回来了吗?"

"没有。"

"知道他们在哪里吗? 我怎么才能联络到他们?"

"我不知道。不清楚。"

我想为他找到人。我想走进他躺着的房间，向他保证："我会为你找到人的，盖茨比。不要担心。相信我，我会为你找到人的——"

迈耶·沃尔夫山姆的名字不在电话簿里。管家给了我他在百老汇的办公室地址，我打电话给问讯台，但是等我问到号码时早就过了五点，没有人接电话。

"请再帮我接一次线好吗?"

"我已经接了三次。"

"我有很重要的事情。"

"抱歉。恐怕那里没人在。"

我回到客厅，那里突然挤满了办事人员，我刹那间还以为他们是顺道来访的客人。但是当他们掀起床单，无动于衷地注视着盖茨比，我的脑海中不断响起他的抗议。

"听着，老朋友，你得为我找到人啊。你得再加把劲。我一个人撑不过去。"

有人开始问我问题，但是我脱身跑上楼，匆匆翻查了书桌没有上锁的抽屉——他从未明确告诉过我他父母去世了。但是什么都没有找到——只有丹·科迪的相片从墙上俯瞰着，象征着被遗忘的激情岁月。

第二天早晨，我派管家去纽约给沃尔夫山姆送信，信里问了他一些情况，并请他搭乘下一班火车过来。我写的时候感觉这个请求很多余。我相信他一看到新闻就会赶来，正如我相信黛西会在中午前发来电报——但是没有电报，沃尔夫山姆先生也没来；除了更多警察、摄影师和记者，没有其他人出现。管家带来沃尔夫山姆的回信时，我感觉到轻蔑，感觉到我和盖茨比之间藐视一切的情谊。

亲爱的卡拉韦先生：

　　这个消息令我万分震惊，我几乎无法相信这是真的。那个人做出的疯狂举动值得我们所有人深思。我现在不能前去，因为我有要务在身，不能牵扯进这件事情。之后若有任何我能帮忙的事，请派埃德加送信过来。听到这个消息以后我简直分不清自己身处何处，彻底崩溃。

你真诚的，
迈耶·沃尔夫山姆

接着他又草草补充：

　　请告知我葬礼安排，我完全不认识他的家人。

　　那天下午电话响了，长途电话局说是芝加哥打来的，我以为是黛西终于来电了。接通以后却是一个男人的声音，听起来很轻、很遥远。

　　"我是斯莱格……"

"什么事？"这个名字不熟悉。

"真倒霉啊，是吧？收到我的电报了吗？"

"没有收到过电报啊。"

"小帕克有麻烦了，"他飞快地说，"他在柜台交接债券的时候被逮住了。他们五分钟前刚刚从纽约接到通知，给了他们号码。你能料到吗，嘿？你根本想不到在这些乡下地方……"

"你好！"我紧张地打断他，"听着——我不是盖茨比先生。盖茨比先生去世了。"

电话那头沉默许久，接着传来一声惊呼……然后电话咔地挂断了。

我想大概是在第三天，从明尼苏达某个小镇发来一封署名亨利·C.盖茨的电报。上面只说发报人马上动身，务必等他到达再举行葬礼。

那是盖茨比的父亲，一位严肃的老人，非常无助和沮丧，在温暖的九月裹着一件廉价的长大衣。他激动得不住流泪，我从他手里接过包和雨伞的时候，他不停去揪自己稀疏的白胡子，我好不容易才帮他脱下外套。他快要撑不住了，于是我把他带到音乐室，请他坐下，派人拿来吃的。但是他不吃，杯子里的牛奶从他颤抖的手里泼了出去。

"我是从芝加哥报纸上看到的，"他说，"芝加哥报纸上全登出来了。我立刻就动身出发。"

"我不知道怎么联络你。"他在屋里不停张望，眼神茫然。

"那是一个疯子，"他说，"他肯定是疯了。"

"你要来点咖啡吗？"我劝他。

"我什么都不要。我没事，你是——"

"卡拉韦。"

"嗯，我没事。他们把吉米放在哪里了？"

我带他来到客厅他儿子躺着的地方，留他待在那里。有几个小男孩爬上台阶，往大厅里张望，我告诉他们是谁来了，他们才不情愿地走开。

过了一会儿，盖茨先生打开门走了出来，他张着嘴，脸微微发红，眼睛里流出断断续续的泪水。他已经到了不再为死亡感到惊骇的年纪，此刻他第一次环顾四周，看见大厅高挑华丽，一间间巨大的房间从这里通向其他房间，他的悲伤中交织着一股敬畏的骄傲。我扶他来到楼上的卧室，他脱下大衣和背心的时候，我告诉他，一切安排都已经推迟，就等他来。

"我不知道你有什么打算，盖茨比先生——"

"我姓盖茨。"

"——盖茨先生。你或许想把遗体带回西部。"

他摇摇头。

"吉米向来更喜欢东部。他在东部获得了现在的地位。你是我儿子的朋友吗，先生？"

"我们是很好的朋友。"

"他前途无量，你知道。他只是一个年轻人，但是他的脑子很好。"

他郑重地用手碰了碰脑袋，我点点头。

"要是他活着，会成为伟大的人，像詹姆斯·J.希尔[①]那

---

① 詹姆斯·J.希尔（James J. Hill, 1838—1916），加拿大裔美国人，铁路高管，曾担任以大北方铁路为首的铁路线家族的首席执行官，该铁路服务于美国中西部以北、北部大平原和西北太平洋的大部地区。希尔被称为"帝国建设者"。

样的人。他会帮忙建设国家。"

"没错。"我不自在地说。

他笨手笨脚地拉扯刺绣床罩，想把它从床上拿开，然后直挺挺地躺下——立刻睡着了。

那天晚上有一个明显受惊的人打来电话，自报姓名前非得先知道我是谁。

"我是卡拉韦先生。"我说。

"哦！"他听起来松了口气，"我是克利普斯普林格。"我也松了口气，因为这样一来盖茨比的墓前又会有一位朋友。我不愿意登报，招来一群看客，于是我亲自打电话通知了几个人。都很难找。

"葬礼是明天，"我说，"三点，就在家里。希望你能转告其他有意前来的人。"

"哦，我会的，"他连忙说，"当然我不太可能见到什么人，要是我见到，一定转告。"

他的语气让我怀疑。

"你自己肯定会来吧。"

"嗯，我一定会尽量。我打电话来是因为——"

"等等，"我打断他，"要不就先说好你一定会来？"

"唉，其实——事实上我和几个朋友在格林尼治，他们要我明天一起玩，去野餐之类的。当然，我会尽量脱身赶来的。"

我忍不住叫了一声"哼！"。他肯定听到了，因为他紧张地往下说：

"我打电话来是想问问我留在那里的一双鞋。不知道能不能麻烦请管家给我寄来。你知道，那是一双网球鞋，少了这双鞋我实在没办法。请寄到以下地址，由这个人转交，B. F.——"

我没有听他说完那个名字就挂了电话。

之后我为盖茨比感到羞愧——有一个我打电话去找的先生暗示盖茨比罪有应得。然而这是我的错，因为他是当时那些喝着盖茨比的酒壮胆，对盖茨比冷嘲热讽的人之一，我根本不应该打电话给他。

葬礼那天早晨，我去纽约找迈耶·沃尔夫山姆，似乎没有其他任何办法能联络到他。我在电梯工的指点下推开一扇门，门上写着"万字控股公司"，起初里面好像没人。但是我徒劳地喊了几声"你好"之后，从隔间里传出争吵声，一个漂亮的犹太女孩从里面一扇门里出来，用怀有敌意的黑眼睛打量我。

"里面没人，"她说，"沃尔夫山姆先生去芝加哥了。"

前半句话显然是撒谎，因为里面有人开始用口哨吹不成调的《玫瑰经》①。

"请转告他卡拉韦先生想见他。"

"我没法把他从芝加哥叫回来呀，是吧？"

这时有人从门里面喊"斯特拉！"，那毫无疑问就是沃尔夫山姆的声音。

"把你的名字留在桌上，"她飞快地说，"等他回来我告诉他。"

"但我知道他就在里面。"

她向我靠近一步，双手愤怒地在臀部上下移动。

"你们这些年轻人以为可以随时闯进来，"她斥责，"我们已经烦透了。我说他在芝加哥，他就是在芝加哥。"

---

① 《玫瑰经》（The Rosary），于15世纪由圣座正式颁布，是天主教徒用于敬礼圣母玛利亚的祷文。

我提到盖茨比。

"哦!"她又重新打量我,"请你——你怎么称呼?"

她不见了。过了一会儿,迈耶·沃尔夫山姆严肃地出现在门口,张开双手。他把我拉进他的办公室,用恭敬的语气说,这对我们所有人来说都是一段悲伤的时间,并且递给我一根雪茄。

"我还记得第一次见到他的情景,"他说,"他是刚刚离开部队的年轻少校,身上挂满战场上得到的勋章。他穷得很,买不起便服,只能一直穿着军装。我第一次见到他,他走进四十三号街的瓦恩布雷纳台球房找工作。他两天没吃任何东西。我说:'和我一起吃午饭吧。'他不到半小时就吃了超过四美元的东西。"

"是你教他做生意的吗?"我问。

"教他!是我造就了他!"

"哦。"

"我带他从零开始,脱离穷困。我一眼看出他是个体面文雅的年轻人,当他告诉我他在纽津念过书,我就知道他能派上用场。我让他加入了美国退伍军人协会,他后来在那里身居要职。他很快帮我一个奥尔巴尼的客户办了事。我们在各方面都像这样亲密——"他竖起两根粗胖的手指,"形影不离。"

我不知道他们的合作是否也包括一九一九年世界大赛。

"现在他去世了,"我过了一会儿说,"你是他最亲近的朋友,所以我知道今天下午你肯定想来参加他的葬礼。"

"我想参加。"

"嗯,那就来吧。"

他的鼻毛微微颤动,摇了摇头,眼里噙着泪水。

"我不能去——我不能牵连进去。"他说。

"没什么可牵连的。一切都已经结束了。"

"但凡有人被杀,我都不想有任何牵连。我置身事外。我年轻时不是这样的——要是我的朋友死了,不管是怎么死的,我都会陪他们到最后。你或许认为我感情用事,但我是认真的——我会陪他们直到痛苦的最后。"

我看出来他决意不去,有他自己的原因,于是我站起来。

"你是大学生吗?"他突然问。

我一度以为他要和我拉"关系"，但是他只是点点头，握了握我的手。

"我们要学会在朋友活着的时候讲情谊，而不是等他死了以后，"他建议，"人死以后，我个人的原则是什么都不管。"

我离开他办公室的时候，天色变暗，我在细雨中回到西蛋。换了身衣服以后，我去了隔壁，发现盖茨先生在门厅里兴奋地走来走去。他为儿子以及儿子的财产所感到的骄傲不断增长，现在他有东西要给我看。

"吉米寄了这张照片给我，"他用颤抖的手指掏出钱包，"你看。"

是这幢房子的照片，四角破损，被很多手摸脏了。他热切地指给我看每一个细节。"看这里！"然后从我的目光里寻求赞赏。他经常把照片拿出来给别人看，我认为对他来说，照片比房子本身更真实。

"吉米寄给我的。我觉得这张照片很漂亮。拍得很好。"

"真好。你近来见过他吗？"

"他两年前来看过我，给我买了我现在住的房子。当然，他离家的时候我们闹翻了，但是我现在明白他有他的道理。他知道自己前途无量。他成功以后一直对我很大方。"他似乎不愿意把照片收起来，又不舍地在我眼前举了一会儿。然后他收起钱包，从口袋里掏出一本破烂的旧书，书名叫《霍帕隆·卡西迪》①。

"你看，这是他小时候读的书。能看出他是什么样的人。"

他翻到封底，转过来给我看。最后的衬页上工工整整地写着"作息时间表"，日期是一九〇六年九月十二日。下面写着：

起床	上午 6:00
练习哑铃操和攀墙	6:15—6:30
学习电学等	7:15—8:15
工作	8:30—下午 4:30
棒球和其他运动	4:30—5:00
练习演讲和仪态	5:00—6:00

---

① 《霍帕隆·卡西迪》（Hopalong Cassidy），霍帕隆·卡西迪是一位虚构的牛仔英雄，由作家克拉伦斯·E. 马尔福德于 1904 年创造，他根据这个角色写了一系列小说。

学习有用的发明　　　　　　　　7:00—9:00

日常决心

不再浪费时间去沙夫特家或者（一个名字，字
迹看不清）

不再抽烟或者嚼烟草

隔天洗澡

每周读一本有意义的书或者杂志

每周存五美元（划去）三美元

更加善待父母

"我无意中发现了这本书，"老人说，"能看出他是什么
样的人，是吧。"

"是啊。"

"吉米注定会出人头地。他总是怀有这样或者那样的决
心。你有没有注意到他如何提升自己的思想？他这方面向来
优秀。有一次他说我吃东西像猪，我还揍了他。"

他不愿意合上书，大声朗读每一条，然后热切地看着

我。我想他相当期待我能把这份清单抄写下来自己使用。

快到三点的时候，路德教的牧师从法拉盛赶来，我开始不由自主地向窗外张望，看有没有其他车来。盖茨比的父亲也和我一样。随着时间流逝，用人们走进来站在门厅里等候，老人开始焦急地眨眼，忐忑不安地说起外面的雨。牧师看了好几次手表，于是我把他拉到旁边，请他再等半个小时。但是没用。没有人来。

五点左右，我们一行三辆车来到墓地，在密密的小雨中停在大门旁——最前面是一辆灵车，漆黑，湿淋淋的，接着是盖茨先生、牧师和我坐的豪华轿车，后面跟着盖茨比的旅行车，里面坐着四五个用人和从西蛋来的邮递员，所有人都淋透了。我们正要穿过大门走进墓地时，我听见一辆车停了下来，然后是有人踩着水从后面追赶我们的声音。我回头去看。是那个戴猫头鹰眼镜的男人，三个月前的那天晚上就是他在盖茨比的图书室里对着书惊叹不已。

自那以后我再没见过他。我不知道他是怎么知道葬礼的，我甚至不知道他的名字。雨水浇在他厚厚的镜片上，他摘下眼镜擦了擦，看着防水布在盖茨比的坟墓上铺开。

我试着回忆了一下盖茨比，但他已经远去，我只记起黛西没有发来电报，也没有送来花，但我并不怨她。我隐约听到有人低声祈祷："上帝保佑雨中的死者。"接着猫头鹰眼镜男人用洪亮的声音说："阿门。"

我们纷纷从雨中飞快地跑进车里。猫头鹰眼镜在门口和我聊了几句。

"我没能赶去他家。"他说。

"其他人也都没去。"

"真的！"他惊叫，"唉，我的天哪！他们以前一去就是好几百。"他摘下眼镜又里里外外擦了一遍。

"可怜的混蛋。"他说。

我记忆中最栩栩如生的情景之一，是每年圣诞从预科学校和后来从大学返回西部。那些要去芝加哥以外的同学会在十二月某个晚上的六点相聚于古老、幽暗的联合车站，跟几个已经沉浸在节日气氛中的芝加哥朋友草草告别。我记得从女校回来的女孩们穿着皮草大衣，呵着冰冷的空气交谈，每当看见老朋友，我们就挥手招呼，攀比各自收到的邀请："你去不去奥德韦家？赫西家呢？舒尔策家呢？"戴着手套的手里紧紧攥着长长的绿色车票。最后还有芝加哥—密尔沃基—圣保罗铁路的黄色车厢，灰蒙蒙地停在站台旁边的铁道上，看起来特别有圣诞节的热烈气氛。

当火车驶入冬夜，真正的雪，我们的雪，开始从身边延伸，在窗外闪闪烁烁，威斯康星小车站的微弱灯光一掠而过，空气里突然出现一股振奋人心的寒冷气息。我们吃完晚饭穿过冰冷的通廊往回走，深深呼吸这股气息，在奇异的一小时里，我们难以言喻地意识到自己与这片土地相连，然后重新不被察觉地融入其中。

这是我的中西部——不是麦田、草原或者消逝的瑞典乡镇，而是我青春时代激动人心的返乡列车，是寒冷黑夜里的路灯和雪橇的铃声，是圣诞花环被窗里明亮的灯火映在雪地上的影子。我是其中一部分，漫长的冬天造就我的些许严肃，在卡拉韦宅邸长大造就我的些许自满，在我的那个城市，住所世代都用家族姓氏命名。我现在明白了，归根到底这是一个西部的故事——汤姆和盖茨比，黛西、乔丹，还

有我，我们都是西部人，或许我们有共同的缺陷，让我们隐
隐无法适应东部的生活。

即便在东部最让我兴奋的时候，即便我最敏锐地意识
到，相比俄亥俄州以西沉闷、杂乱、臃肿的镇子，只有孩
子和老人才能幸免于没完没了的流言蜚语，东部更具优越
性——即便在那些时刻，东部始终给我一种扭曲感。特别
是西蛋，仍然出现在我奇异的梦中。它在我的梦中就像是埃
尔·格雷考[①]画的夜景：一百幢房子，既普通又怪异，蜷伏
在阴沉的天空和暗淡的月亮下。前景里有四个严肃的男人穿
着礼服抬着担架走在人行道上，担架上躺着一个身穿白色晚
礼服的喝醉的女人。她一只手垂在外面，手上的珠宝闪着寒
光。那几个人肃穆地走进一幢房子——走错了地方。但是
没有人知道女人的名字，也没有人在乎。

盖茨比去世以后，东部在我看来如鬼影萦绕，面目全非
到我的视力无法纠正。所以当空中飘起燃烧枯叶的蓝色烟

---

① 埃尔·格雷考（El Greco，1541—1614），西班牙文艺复兴时期的画家、雕塑家
和建筑家，他的绘画以扭曲的形态和奇幻的用色闻名，将拜占庭的传统融入西方
绘画，是表现主义和立体主义的先驱。

雾，晾在绳子上的湿衣服被风吹得僵硬，我决定回家。

离开之前我还有一件事情要办，那件事情又尴尬又不愉快，或许本该不了了之。但是我想把事情处理干净，不指望尽责却无情的大海清除我的垃圾。我见了乔丹·贝克，好好谈了谈我们之间的事，以及我后来的遭遇，她倚在一张大椅子里，一动不动地听我说。

她身穿高尔夫球服，我记得她看起来像一幅精美插画，她时髦地稍稍抬起下巴，头发是秋叶的颜色，脸庞和放在膝盖上的露指手套是一样的浅棕色。等我说完，她不动声色地说她已经和别人订婚了。我表示怀疑，尽管只要她点点头就有好几个人愿意和她结婚，但是我故作惊讶。我刹那间不知道自己是否犯了错，接着我迅速重新思考了一番，起身告辞。

"反正是你甩了我，"乔丹突然说，"你在电话里甩了我。我现在已经不在乎你了，但这对我来说是从未有过的体验，我晕头转向了好一段时间。"

我们握了握手。

"哦，你还记得吗，"她又说，"我们曾经聊过开车的

事情?"

"怎么——不太记得。"

"你说一个烂司机只有在碰见另一个烂司机之前才是安全的吧?唉,我遇见了另一个烂司机,是吧?我是说我太不小心了,看错了人。我以为你是一个相当诚实和正直的人。我以为你一直暗暗引以为傲。"

"我三十岁了,"我说,"要是五年前,我或许还能欺骗自己并以此为荣。"

她没有回答。我怀着对她的几分爱意,气恼且万般遗憾地转身离去。

十月下旬的一个下午,我在第五大道上看见了汤姆·布坎南。他走在我前面,还是那样警觉和气势汹汹,双手在身体两侧稍稍张开,像是要推开干扰,脑袋飞快地转来转去,配合那双不安分的眼睛。我正要放慢脚步避开他,他停下来,皱着眉头朝一间珠宝商店的橱窗里看。突然他看到了我,于是往回走,伸出手来。

"怎么了,尼克?你不愿意和我握手吗?"

"是啊，你知道我对你的看法。"

"你疯了，尼克，"他连忙说，"疯得要命，我不知道你是怎么回事。"

"汤姆，"我质问，"你那天下午和威尔逊说了什么？"他一言不发地看着我，我知道自己猜对了威尔逊下落不明的几个小时里发生的事情。我转身要走，他上前一步抓住我的胳膊。

"我对他说了实话，"他说，"他找上门的时候我们正要离开，我派人告诉他我们不在，他非要冲上楼来。他发疯了，要是不告诉他车的主人是谁，他会杀了我。他在我家里的每时每刻，手都握着口袋里的左轮手枪，"他突然停住，语气强硬起来，"就算我告诉了他又怎么样？都是那个家伙自找的。他蒙蔽了你的眼睛，就像他蒙蔽了黛西一样，但他是个狠角色。他碾过默特尔就像碾过一条狗，连车都没停。"

我没什么能说的，除了无法说出口的事实：真相并非如此。

"你不要以为我一点也不痛苦——我告诉你，我去退掉那套公寓时，看到那盒该死的狗饼干还放在餐具柜上，我坐下来哭得像个小孩。天哪，太可怕了——"

我无法原谅他，也不能喜欢他，但是我发现，他的所作所为在他自己看来是完全合理的。一切都相当随意和混乱。汤姆和黛西，他们是满不在乎的人——他们破坏东西，摧毁他人，然后又退缩回他们的财富、他们的漠然，或者任何将他们维系在一起的东西里，让别人去收拾他们的烂摊子……

我和他握了握手，不然似乎有点愚蠢，因为我突然感觉自己像是在和一个小孩讲话。接着他走进珠宝店买珍珠项链——或者可能只是一副袖扣——永远摆脱了我这乡下人的吹毛求疵。

我离开的时候盖茨比的房子依然空空荡荡——草坪上的草已经长得和我那里的一样高。村里有一位出租车司机每次载着乘客经过前门时总会停留片刻对着里面指指点点；或许出事的那天晚上正是他开车送黛西和盖茨比去了西蛋，又或许他完全编造了一个故事。我不想听，下火车时总是避开他。

星期六的夜晚我都在纽约度过，因为盖茨比那些炫目耀眼的派对在我心里栩栩如生，我仍然能听到从他花园里不断传来隐隐约约的音乐声和笑声，还有车道上来来回回的车辆。有一天晚上我真的听到开来一辆车，看见车灯照在前门台阶上。但我没去查看。这位最后的客人或许刚从地球的尽头回来，不知道派对已经结束。

最后一天晚上，我收拾好行李，车也已经卖给了杂货商，我走过去再看了一眼那幢庞大、杂乱、衰败的房子。不知哪个男孩用砖块在白色台阶上涂了一个脏字，在月光下格外刺眼，我把它擦掉了，鞋底在石头上蹭得沙沙响。然后我漫步到海边，摊开手脚躺倒在沙滩上。

此刻海边的别墅多半已经关闭，几乎没有灯光，只有一抹幽暗的微光在移动，那是长岛海湾的一艘渡轮。随着月亮越升越高，若隐若现的房屋渐渐隐去，直到我慢慢意识到，这里是曾让荷兰海员的眼睛大放异彩的古老岛屿——新世界清新碧绿的腹地。岛上消失的树木，那些为了建造盖茨比的房子而被砍伐的树木，曾经低声迎合着全人类最后且最伟大的梦想。在这稍纵即逝的迷人瞬间，人类面对这片大陆一定屏息凝神，不由自主地进入一种既不理解也不渴望的美学沉思，这是人类在历史上最后一次面对与其感受奇迹的能力相称的景象。

而我坐在沙滩上思索这个古老的、未知的世界，我想起盖茨比第一次认出黛西家码头尽头那盏绿灯时的惊奇。他长途跋涉来到这片蓝色草坪，他的梦想似乎近在咫尺，触手可及。他不知道梦想已经离他而去，被遗弃在城市深处无垠昏暗的地方，那里合众国的黑色田野在夜色里伸展。

盖茨比相信那盏绿灯，那是年复一年在我们面前远去的极乐未来。未来遥不可及，但是没有关系——明天我们会跑得更快，手臂会伸得更远……总有一个美好的早晨……

于是我们奋力划桨，小船逆流而上，不断被浪潮推回到过去。